剣姫のふしだらな王子

斉藤百伽

小学館ルルル文庫

クロヴァン
第一王子付きの侍従長。
ラティカに護衛話を
持ちかける。
レオニス
ランバート王国の第一王子。
怠惰な日々を過ごしている。
口説き魔。
ミリア
国王を選定する役割を担う
『番人』の女性。
知的な雰囲気の美人。

ウィルフレッド
レオニスの弟で第二王子。
誠実な人柄で人々からの
支持も厚い。
ラティカ
リーフェス公爵家の令嬢。
趣味は鍛錬、武器集め。
素直でまじめな
武士系女子。
剣姫のふしだらな王子
人物紹介

目次

イラスト／凪かすみ

剣姫のふしだらな王子

プロローグ

「――おお、我が友よ。聞いてくれるか！」

目的地までの道すがら、小刻みに揺れる黒塗りの馬車の中で。

友人の浮かない顔に気づいて『何か悩みでもあるのか』とクロヴァンが尋ねたところ、友人は縋るような目で身を乗り出し、堰を切ったようにまくし立てた。

その通り、私は今悩みを抱えていてね。

いや、私自身のことじゃない。今年で十七になる娘のことなんだ。

娘は親ばかの私の欲目を差し引いても素直で可愛くて、それはもう健やかに育ってくれたんだが……健やかも度が過ぎると、問題が起きてしまってね。

ニーダの戦士になりたい。いつかは長になるのが夢だ――と言うんだよ！

娘は本気だ。そして着実に努力を重ねている。

同じ年頃の娘たちが舞踏会に備えて自分磨きをしているときに、娘は武闘会に備えて長剣を磨く。部屋だろうと庭だろうと外出先だろうとところかまわず、隙あらばそこらにあるものを道具にして鍛錬を始めてしまう。他の娘たちが夢中になる恋愛話や噂の貴公子などには、目もくれないんだ。

そのうえ困ったことに、才能にも恵まれてしまった。

今では武器を持たせたら、ニーダの若者たちを軽々と薙ぎ払うほどだ。

それもあって、まわりがどんなに反対しても頑として聞きやしない。

先日なんて自分の実力を証明すると言って、大岩に百年鎮座していた伝説の破魔の剣を、あっさり引き抜いてしまったんだよ。畑の大根のようにすぽっと！

おかげでニーダの長にも、すっかり気に入られてしまってね……

公爵家の、ただ一人の娘なのに。

はああ、いったいどうすれば、娘を令嬢らしい方向に軌道修正できるのか……。

公爵令嬢に見初められて婿入りした友人は、公爵家が持つ爵位の一つを預かり子爵を名乗っているが、苦労も多いようだ。四十代に入ったとは思えない若々しい顔立ちが、以前よりやつれて見える。

「なるほど。そこまでの固い意志を別の方向に変えさせるというのは、一筋縄ではいかないでしょうな。私で何か力になれることがあればよいのですが……」

友の悩みをひと通り聞き終えたクロヴァンが、ふむ、と顎に手を当てたとき、ちょうど目的地に到着した。『聞いてくれただけで充分だ』と友人は小さく笑って話を終わらせる。しかし馬車からおりた次の瞬間、ひっと声を呑んで後ずさった。

「――ラティカっ!?」

続いて馬車をおりたクロヴァンも、友人の視線をたどって目を瞠る。

晴れた空のもと、大岩と硬い土がほとんどを占める砂色の景色。

森と水に恵まれたこの国で、異端のように乾いた荒野が広がる東の地、ニーダ。

旧時代の砦を囲むその集落の開けた広場で、若者たちが剣を合わせている。

その中心に、見る者に鮮烈な印象を与える娘がいた。

「――二十四、――二十五、――二十六っ」

凛とした声とともに長剣の銀光が閃き、

「二十七――二十八――、二十九！」

一つに束ねた長い髪が翻って、ふわりふわりと薄衣が舞う。

数は剣を振った回数ではなく、負かした相手の数だ。体格ではあきらかに勝る若者たちの剣を、娘が次々に叩き落とし、弾き飛ばしていく。若者たちは木綿の上下に簡素な防具という出で立ちだが、娘のほうは違う。

薄青色の、身に添うような裾引くドレス姿。

胸には白い革製の胸当て。腰には同色の剣帯。

高く結われた漆黒の髪が、まるで絹糸のような艶やかさでさらりと背に流れる。

その瞳は、刃物のように鋭く磨かれた青玉を思わせる、はっとするほど冴えた青。

細い肢体から剣戟を繰り出す様は清冽なまでに美しく、まるで戦女神が降臨したかのようだ。

「――三十っ！」

ぎいんっ、と弾かれた剣が空で幾度か円を描き、硬い土に突き刺さる。

剣を持った若者がもう誰もいないのを見て、友人は娘に駆け寄った。

「なぜここにいるっ。いやそれより、そんな格好で何をしているんだ、ラティカ！」

泡を食ったような友人に対して、娘は落ち着き払った真顔で剣を鞘に納めた。

「なぜもなにも、今朝出かける前に私の予定はお伝えしたはずですが」

「おまえは『新しいドレスを着て友人に会う』と言っていたじゃないか！」

「それは聞き違いです。私は『新しいドレスを着て戦友と試合う』と言いました」

「それこそ聞き違いだと思うだろう!?」

泣きそうな顔で頭を抱える父親を、娘は不思議そうに見つめ返す。

「なぜそうも嘆かれるのです。そもそも昔、私をニーダに連れてきてくださったのは父上でしょう。私の腕を一番最初に認めてくださったのも、父上なのに」

「それは事情があったし、ニーダは私の故郷でもあるし、誰もが目を瞠るほどの天賦の才は、親としても誇らしい！　そのうえこんなに綺麗に可愛く宝石みたいに育って、下手な男に嫁にやるよりはいっそ戦士のほうがと思わないではないのだが……だが……あああ、また義父上に怒られるうう！」

青ざめた顔で身を捩じらせる父親に、娘が深々とため息をつく。

「剣を持たせれば最強なのに、なぜ屋敷内での精神的強さは最弱なのですか、父上」

「しかたないじゃないか！　入り婿は肩身が狭いんだ!!」

「――まあまあ、少し落ち着いてください」

話すほどに増していく情けなさを止めるべく、クロヴァンは友人に歩み寄った。

それから、傍らの娘に視線を落とす。

娘の腰、帯からのぞく剣の柄には、百合の模様が描かれている。

それを確かめて、視線をふたたび友人に戻した。

「なるほど。貴方(あなた)は娘さんを応援(おうえん)したい気持ちがないわけではない。しかし立場的に難しくて悩んでいたのですな。そして娘さんは、夢をあきらめる気はまったくないと」

「当然です」

突然間に入ってきた男に戸惑(とまど)うような表情を見せつつも、娘はきっぱりと頷(うなず)いた。

それを受けて、クロヴァンはにっこりと目を細め、胸に手を当てる。

「申し遅(おく)れました。私はランバート王国第一王子付き侍従長(じじゅうちょう)、クロヴァン。お二人によい提案があるのですが、聞いていただけますでしょうか？」

第一章　ラティカの怠惰なご主人様

厚い絨毯を軸足で強く踏み込んで、鋭い突きを連続三回。
それから素早く身を捻って、今度は後方に上段後ろまわし蹴りを繰り出す。
「――よし。問題ない」
長い黒髪を揺らし、ひと通り己の動きを確かめた後。
新品の、紺の詰襟に銀釦という衣服を見おろして、ラティカはひとり頷いた。
見た目の堅苦しさに反して着心地が良く、動きやすい制服だ。
視線を動かして、腰元の剣の柄に触れる。
相棒である破魔の剣も、昨夜のうちに鏡のように磨きたてた。
心構えは、する必要などないくらいに準備万端。
(絶対に、やり遂げてみせる――！)
場所はランバート王国の王都。
背後に高い山と広い湖をのぞむ翡翠色の王宮、水輝宮。

「お待たせいたしました。どうぞお入りください、ラティカ殿」

「はい――！」

第一王子の居室の隣、控えの間にいたラティカは、長靴の踵を合わせて侍従の声に応じる。背筋をぴんと伸ばして、草花模様の彫りも美しい扉をくぐり抜けた。

ラティカはリーフェス公爵の孫娘。

母が公爵の娘で、生まれは正真正銘の公爵家だが、育ちの半分は公爵家ではない。

八歳から十六歳までの八年間を領内の東端、武に長けた者たちが住まう集落、ニーダで過ごした。

なぜなら八歳の誕生祝いの時、ラティカが誘拐されるという事件が起きたからだ。

事件後すぐ、ふたたび娘が襲われることを危惧した父が、安全かつ護身の術も身につけさせられる自分の故郷ニーダにラティカを預けたのだった。

商隊の護衛、要人の警護、危険動物の捕獲など、依頼を受けて生計を立てるニーダでは、幼い頃から子どもたちに体術、剣術、弓術他、戦う術をみっちり叩き込む。

生来体を動かすのが好きだったラティカにとって、その環境はまさに水を得た魚状態で、『多少自分の身を守れるようになれば』という公爵家の意向を悠々と飛びこえてめきめきと強くなった。

誘拐された時に自分を助け出してくれたニーダの長に、強い憧れを抱いてもいた。

そんなラティカにとって、ニーダの長になるという夢を持つようになったのは、ごく自然な心の流れである。

けれども公爵家にとっては、ひどく不自然なことだったらしい。

「もちろんわたくしだって、娘には夢を叶えてもらいたいわ。けれどだからこそ、夢の選択肢を狭めることはないと思うの」

娘の目を令嬢らしい道に向けさせたい母は、屋敷中、娘の目につくところに婚約者候補の肖像画を飾ってまわり、

「なるほど。君がラティカをニーダに行かせたのは、こうなることを見通してのことだったのかね婿殿。ラティカの嫁ぎ先については、どのような見通しなのかね？」

公爵家当主である祖父は、日課のように笑顔で入り婿の父を圧迫する。

貴族の家に生まれた娘にとって、結婚は最重要事と言える。ラティカの嫁ぎ先に新たな後ろ盾を期待する親戚たちも、顔を合わせれば必ず縁談を勧めてきた。

彼らの気持ちと言い分は理解できる。しかし客観的に見ても、自分は結婚より戦闘向きだと思う。なにより絶対に、夢をあきらめたくはない。

あの手この手で抵抗しつつ、どうにかできないものかと思っていたある日。

王都から来た父の友人が、ある考えを提案した。

『ニーダの仕事をこなすことで、貴女の本気を公爵家に認めさせてはどうか』

王子の侍従長であるという父の友人は、王子からの依頼を携えてニーダに来たところだった。

祖父と話し合った末、その案は条件つきで聞いてもらえることになった。

――王子の依頼を完璧にこなせたなら、ニーダの民になることを許す。

こなせなかったなら、あきらめて、公爵令嬢としてしかるべき相手と結婚すること。

もちろん、ラティカは条件を呑んだ。

そうして請け負うことになった依頼とは――

――ランバート王国第一王子を、一か月間護ること。

「失礼致します！」

侍従にうながされたラティカは、意気揚々と王子の居室に足を踏み入れた。

(王子との初顔合わせだ。粗相のないようしっかりと挨拶せねば)

「ラティカ・リーフェスと申します。本日より御身を護らせていただきます」

高揚に速まる鼓動を意識しつつ、びしりと頭をさげる。

しかしその数瞬後、何の反応も返ってこないことに気づいて目を瞬かせた。

(……誰もいない?)

顔をあげ、室内を見まわして首を傾げる。行き違いだろうか。侍従が案内したからには王子がいるものと思っていたのだが、室内は無人だった。しばらく待ってみても足音一つ聞こえない。すでに去った侍従を呼び戻して尋ねるのも面倒なので、ラティカはそのまま王子を待つことにし、改めてあたりを眺めた。

部屋隅の暖炉では、赤々と薪が燃えている。秋が深まってきたとはいえ、乾いた気候のニーダに比べれば王都のあたりは比較的温暖なのだが、さすがは王宮。昼日中から贅沢に薪を使っている。

落ち着いた赤を基調としている部屋は、いかにも高級そうな調度品だらけだ。そして多少剣を振りまわしたところで、それらを壊すおそれなどないほどに広い。隅々まで床を覆う厚みのある絨毯は、深夜に鍛錬してもしっかりと音を吸収してくれることだろう。中央に陣取っている大理石のテーブルは、ニーダの修行で叩き割っていた岩よりも頑丈そうな代物だ——などと考えているうちに、体が動きたくなってくる。

(ただ待っているのも能がない。王子が来る前に、室内の安全を確認しておこう)

一度部屋の外の気配を探り、まだ王子が現れる様子がないのを確かめたラティカは、いそいそと室内点検を始めた。すると——

「なんだ、この部屋は——！」

数分後、ラティカは愕然として呻いた。

滑らかな白磁の花瓶からは、刺されれば全身が腫れあがる毒虫が。

襞をたっぷり重ねたカーテンの陰には、陽光を集めて火種を作りそうな水晶玉が。

書物机の上には、インク壺にまぎれて金属をも溶かす酸の強い薬液の入った小瓶が。

室内のあちらこちらに、明らかに害意ある危険物が仕込まれていたのだ。

物騒なそれらをひと通り除去したラティカは、はっと思い立って奥の扉を見た。

（寝室は——？）

王子の部屋だからと遠慮している場合ではない。寝室に続く扉へと足早に向かい、ためらいなく開く。居間より小さな空間で真っ先に目についたのは、天蓋つきの大きな寝台だ。

（暗殺者が余裕で五人は下に潜めそうだ）

険しい顔で床に膝をつき、天蓋をめくって寝台の下をのぞきこんだそのとき。

「ずいぶんと仕事熱心だな」

すぐ上からふいに、低い声が降ってきた。

「――!?」


ぎょっとしたラティカは跳ねるように身を起こし、そこで大きく目を見開く。

寝台の上に、おそろしく整った顔立ちの男が寝そべっていた。

胸元にも手首にも装身具をじゃらじゃらと豪勢につけているその男は、ゆったりした夜着姿で頰杖をつき、くつろぎきった様子でこちらを見ている。

炎よりも鮮やかに輝く、無造作に伸ばされた朱金の髪。

気だるい中にも野性味を帯びた切れ長の、漆黒の瞳。

微笑を浮かべる薄い唇。まっすぐに通った鼻梁。

横たえていても長身だとわかる、均整の取れた身体。

精悍。美丈夫。

どちらも当てはまる形容だが、まったくもって足りない、と思った。

ただ美しいのとは違う、自然と頭を垂れてしまいそうなほどの、絶対的な圧がある。

(……一瞬、獅子に見おろされているのかと錯覚した)

動きも呼吸も奪われて見入ってしまったラティカは、そこでようやく我に返る。

もちろん男は獅子などではない。声をかけられるまで気づかなかったとは、一生ものの不覚だ。居間に姿がなかったので、てっきりいないものと思い込んでいたが、おそらく彼こそがランバート王国第一王子。

「レオニス、殿下？」

王子は笑みを深めることで肯定すると、ラティカに向かって手を伸ばした。

「それほどやる気があるなら、寝台の下じゃなく上に来てくれないか」

「え――」

じゃらり、と装身具の擦れる音がして、ラティカは強い力で引っ張りあげられた。

視界がぐるんと回転し、寝台が背中を柔らかく受け止める。

驚きに目を見開くラティカを、長い腕が抱き寄せた。

「予想以上の美人で嬉しいぞ、リーフェス公爵の孫娘殿。今日からよろしく頼む」

広い寝台の中央。横になって向かい合い、にっこりと微笑む主の顔が、鼻先が触れそうな距離にある。状況が飲み込めず、ラティカは間の抜けた声で挨拶を返す。

「……はい。若輩者ながら、誠心誠意務めを果たす所存です……」

王子は「ああ、任せた」と鷹揚に頷き、ラティカの頭をその胸に抱きしめた。しばらく待ってみても、そのまま腕の中に閉じこめて離そうとしない。ラティカは首だけを動かして王子を見あげ、おずおずと尋ねた。

「恐れながら殿下……この体勢と私の任務に、いったいどのような繋がりがあるのでしょうか？」

王子は当然のことを訊かれたかのように眉をあげる。

「俺につきっきりで護衛してくれるんだろう？」

「はい。お任せください」

しっかと首を縦に振ると、頰にかかった黒髪を、王子の指がさらりと掬う。

ラティカの髪を指にからめたまま、軽い口調で王子は告げた。

「始終一緒にいるなら、むさくるしい男より美女のほうがいいに決まってる。最近少々身のまわりが物騒でな。侍従長が護衛を増やすというから、どうせなら抱き心地のいい美女にしてくれと頼んだんだ」

「は？」

目を点にするラティカにはかまわず、

「さて、挨拶も済んだことだ。このまま二人で仲良く寝るか」

王子はラティカの頭を引き寄せて、「おやすみ」と額に口づけを落とした。

その柔らかな感触に頭が真っ白になったところを、上掛けを肩まで引きあげた王子に、さらに深く抱き込まれる。主相手だからと遠慮していたラティカは、そこでと

うとう身じろぎした。

「レオニス殿下!? おやすみとは一体? 今はまだ夕刻にも遠い時間ですが!」

もがくラティカの背をあやすように軽く叩き、王子は瞼をおろす。

「俺は出不精でな。よほどのことがない限り一日をここで過ごしている。だから護衛のおまえも、ここが持ち場だ。さぼっていることにはならないから安心しろ」

早くも欠伸混じりの声を聞き、ラティカは啞然とした。

始終一緒なら女がいい? 一日ここでこうしていろと言うのか。

もしや王子は、私を護衛として働かせる気などない――?

かっと目を光らせたラティカは、王子の腕からするりと抜け出す。

「殿下は私の実力を疑っておいでですか。女だからと侮っておられるのですか」

「ああ? いや、別に疑ってはいないが――」

憤然と床に降り立ったラティカを、億劫そうに王子が見あげたとき、

「彼女の実力は私が保証いたします」

穏やかな声が割って入り、五十代半ばほどの男が寝室に入ってきた。

後ろに撫でつけた灰色の髪も口元の髭も、黒で揃えた衣装まで、堅苦しいまでに隙なくきっちりと整えた中肉中背の男。

ラティカも一度ニーダで顔を合わせている、侍従長のクロヴァンである。

布で覆われた盆を右手に掲げ持って現れた彼は、空いた左手でラティカを示した。

「なにしろラティカ殿は、力ある者しか持てぬという伝説の剣の主。その腰にあるのは、邪なものをことごとく滅する破魔の剣なのです」

「ほう」

興味をそそられたのか、王子ははじめて身を起こし、寝台の上に胡坐をかく。

ラティカの剣をまじまじと見て口端をあげると、クロヴァンに視線を移した。

「それならちょうどよかった。クロヴァン、その手にあるのはいつもの届け物か？」

「はい。女官がこちらに運んでいるところを見つけました。本日は呪い林檎です」

夕食の献立を伝えるような調子で告げられた言葉に、ラティカはぎょっと目を剝く。

「呪い――？　お見せください、侍従長殿！」

クロヴァンの手から急いで盆を取りあげながら、ラティカは己を叱咤した。

何をぼんやりしているのだ自分は！　最近身のまわりが物騒だ、と王子が言っていたではないか。自分もついさっき、居間で危険物を見つけたばかりだというのに。

布を剝ぎ取ると、銀盆の上には林檎が五つ盛られていた。

真っ赤に熟れた林檎はどれも、たっぷりと蜜を含んでいそうで美味しそうだが、よくよく見ると皮の表面に、赤に紛れて血のように濃い紅色の模様が浮いている。

（呪術文字か）

詳しくはないが、これが呪い林檎であるというのは本当らしい。

すぐさま破魔の剣を鞘から抜いたラティカは、盆を跳ねあげて林檎を宙に放った。

「はっ！」

気合一閃。空中で細かく切り刻み、落ちてきた林檎をまた盆で受け止める。

そうして剣を鞘に戻し、息を吐いて緊張を緩めると、王子を振り返った。

「呪いの文字が形を成さなくなるよう切り刻みました。これでもう安全です」

「見事なものだな。それで完全に解呪できたのか？　その林檎を見せてみろ」

一連の動作を眺めていた王子は、感心しきった顔でラティカを手招いた。

「はい、どうぞご安心を。この剣で断ち切ることで、呪いを解くことができます」

ちなみに剣の主であるラティカが触れることでも、多少は呪いを緩和できる。しかし他人が扱った場合、剣は効力を成さない。

少しは自分の腕を信じてくれただろうか。

ラティカは笑顔で銀盆を差し出したが、

「やはりおまえを護衛にして正解だったな、ラティカ」

しゃくり、と王子が林檎のかけらを食べ始めたので、思わずぽかんと口を開いた。

たった今まで呪われていたものなのに、王子はまったく気にしていない様子だ。

「これから一月、片時も離れず俺のそばにいろ」

上機嫌に言って一個分ほどを平らげた王子は、ふたたびごろんと横になると、あっという間に寝入ってしまった。

「これが殿下の日常です」

戻された銀盆を手に呆気にとられるラティカの横に、クロヴァンがすっと立つ。

「この通り、少々怠惰な気質であらせられます。一日のうち寝台から起きあがられるのは数時間、といったところでしょうか」

特に困ったふうでもない平淡な声を聞きながら、ラティカははたと気づく。

あまりに自然だったので深く意識していなかったが、言われてみれば彼が身につけているのは白い夜着だ。もしかして先程声をかけられるまで王子の気配に気づかなかったのは、それまで彼が眠っていたからだったのか。

起きあがるのは一日数時間？

出不精だから？　少々怠惰？　そのうえ軟派な女好き？

表情を無くしてぐるぐると思い巡らせるラティカの肩に、ぽんと手が置かれる。

「簡単な任務ではないと思いますが、頼みましたぞ」

これは、簡単ではないどころか……相当に難易度が高いかもしれない。

クロヴァンの視線を受けたラティカは、固まったまま胸中で呻く。

ただ護るだけなら、動かない王子というのはある意味楽だ。

しかしラティカに課せられた任務は、それだけではなかった。

ランバート王国では、王の位は嫡子が継ぐわけではない。

かつて無能な王太子が嫡子というだけで王座を継いで騒乱を招き、一度国が滅びかけたことがある。それを下の王子が打ち倒して現在の王朝になったという流れから、それ以降は『番人』と呼ばれる者たちが王家の男子を見極めて、国王を選定することになった。

王が崩御して一年の喪が明けると、『番人』は次の王を選ぶ。

ちょうど一か月後がその選定の日で、王宮は今、新しい王を決めるため第一王子と第二王子、二人の王子が争っている真っ最中。襲い来るだろう様々な妨害、障害から第一王子を護りきり王位に就けるまでが、ラティカの任務なのである。

ラティカはもう一度、午睡をむさぼる王子――レオニスを見おろす。

王位継承争いの最中なのに。

その身に害をなさんとする者がいるらしいのに。

当の本人は派手な宝飾品で身を飾り、護衛の女を寝台に引っ張り込んで、あげく呑気に昼寝。

（王位に就ける。……………就く、気はあるのか？　この方は）

祖父たちは、レオニスの気質を知っていて自分との賭けに乗ったのかもしれない。

一気に重くなった頭で、ラティカはそう悟った。

それから三日。本人も口にした通り、レオニスはほとんどの時を自堕落に過ごし、己の部屋から出ることすら一歩もなかった。聞いた話によると獅子は一日の六割近くを寝て過ごすらしいが、王子はそれを超えているのではなかろうか。

暇さえあれば鍛錬に勤しむラティカにとって、信じがたい生活習慣である。

しかしそんな体たらくでも、レオニスは王位継承権を認められている。

それは彼が、表に出る公務以外の仕事を的確にこなしているからだ。

……寝台の上で。

「レオニス殿下。スーフェン領からの報告書です。お目通しを」

寝台脇で一礼する側近を、優雅に寝そべりながらレオニスが見あげる。

「ああ、この秋の作物の収穫についてだな。悪いが手が塞がっている。そこで掲げて見せてくれ」

「は！」

側近は戸惑うことなく応じ、その後ろに控えていた男たちがざっと横並びになって書類を掲げ持つ。高さ、角度、距離。すべて絶妙で、主の目の動きに合わせて各々移動するという細やかさだ。目を通し終えたレオニスは、極上の笑みを彼らに向ける。

「読みやすくて助かる。さすがによく心得ているな」

「——！　もったいないお言葉、恐悦至極に存じますっ」

褒められた側近たちは頬を紅潮させ、やる気をいっそう漲らせて仕事に戻っていく。

「殿下、来春の式典の進行について大臣からお尋ねが——」

「そこの棚に昨年の記録がある。渡して参考にしろと伝えろ」

「殿下、ローム皇国の大使からお手紙が——」

「読みあげてくれ」

正午前。

王子の寝室はひっきりなしに訪れる家臣たちで、催事のようににぎわっていた。

レオニスは次々に指示を飛ばし、返事をしながらも、手元では閣議決定した書類に署名し続けている。特注らしい、ほどよく弾力のある大きな枕を頭と肘の下にして、姿勢は常に横たわったまま。署名の書類をめくるのすら侍従任せだ。

家臣たちはそんな主に不満を抱くどころか『お役に立てて嬉しい』と感じているようで、始末に負えない。妙に人を惹きつけるレオニスの空気がまた、質が悪かった。

（怠惰な殿下の影響で、皆の脳までもが働くのをやめたのではなかろうか）

いかに采配が確かだろうと、決して尊敬できる姿ではないのに。

ラティカが壁際から半眼で眺めていると、

「そんなに熱い目で見つめるなら、素直にこっちに来るといい」

署名を終えて家臣の列も切れたレオニスが気づき、シーツの上をぽんと叩いた。

初対面からこちら、彼はこの調子で隙あらばラティカにちょっかいをかけてくるのだ。ラティカの目は熱いどころか、むしろこの三日で、冬迫る外の空気よりもめっきり冷え込んだ。

「視線の温度は正確に測ってください、殿下。よくもそのように寝転がって文字が書けるものですね」

声にも刺々しさが加わったが、レオニスは気にするどころか自慢げに手の中の羽根ペンを振ってみせる。

「ああ、特技なんだ。それからこの羽根ペンも、どんな姿勢でも文字を綴れるよう特別に作らせたものだ。おまえも試しに使ってみるか？」

要するに、自分の隣に横たわらせたいらしい。

腕輪をしゃらりと鳴らして手招きする主に、ラティカの目はますます細くなる。

「結構です。職務中は職務に集中させてください」

「ほう。じゃあ夜なら誘いにのってくれるのか」

「殿下のおそばにいる時の私に、休みはございません」

その場から一歩も動かず真顔で固辞するラティカと、楽しげに頬杖をついたレオニスの視線が交わる。二人はしばし無言で見合っていたが、

「そういえば、さっき確認した封書に見慣れないものが入っていたんだが」

「！　そのようなことは、その場ですぐに仰ってください！」

レオニスが思い出したように言って枕元から封書を取り出したので、ラティカは慌てて駆け寄った。護衛をしてみてわかったが、レオニスが動かないため寝室まで人の出入りが激しい王子の居室は、彼を害したい側にとっては好都合らしく、かなりの頻度で危険物を仕掛けられるのだ。

すでに封を切られた封筒を王子の手から取りあげて、中にある手紙を引き抜く。

何か挟まっているのかと手紙を開くと――ふんわりと優しい香りが漂ってきた。

「――……」

「洒落てるだろう？　香りつきの手紙なんだが、紙のほうじゃなくインクに香料が含まれているそうだ。最近西方で流行っているらしくてな。試しに使ってほしいと、インクと一緒に商人が送ってきた。おまえにもわけてやろう」

ラベンダーだろうか。爽やかな花の香りに気が抜けて、ラティカは思わず寝台の端に両手をついた。ふと見れば、王子の瞳にはいたずらっぽい色が浮かんでいる。

（わざとまぎらわしい言い方をされたな……）

ラティカはむうっと口を曲げて主を睨んだ。

「遠慮いたします。インクなら自室にあるもので充分です」

「ふうん？　そう欲がないと、かえって何か与えたくなるな」

興味深げにじっとラティカを凝視したレオニスは、そうだ、と手を打ち合わせた。

「ドレスを贈ろう。クロヴァンから聞いたぞ。故郷ではドレス姿で修行していたと。俺としても、色気のない護衛服よりそっちのほうがいい。なんなら俺の腕輪もやろう。どれでも好きなものを選んでいいぞ」

自分の腕輪をまとめて外そうとする主に、ラティカはうぐっと肩を強張らせた。

それらは自分にとって、贈られたくない物の栄えある一位と二位だ。

「結構です。どちらも断じて要りません！」

つい語調がきつくなったが、レオニスは気を害することはなかった。ドレス案は意外なほどあっさり引きさげながらも、身を乗り出して尋ねてくる。

「なら他に欲しいものはないか？　なんでも言え。おまえの望む通りに叶えてやる」

やけに艶のある低い声で言って、レオニスがラティカの頬に触れた。まったく、油断も隙もない。そのまま肩を抱き寄せようとする手を、ラティカはぱしりと摑む。

「この手はなんですか、殿下」

「仕事が一区切りしたから、休憩する」

「殿下の休憩に、私を巻き込まないでください」

「主の身を案じるのがおまえの仕事なら、少しくらい癒してくれたっていいだろう」

引き寄せようとするレオニスの力は思いのほか強い。ラティカはぐぐっと力で押し留めていたが、そこでふと、あることに気づいた。

「――……」

ラティカが小さく息を呑み、青い目を大きくして主を見つめた時、

「あいもかわらず女性を口説いているのですか？　レオニス殿下」

侍従に案内されて、一人の貴婦人がしずしずと現れた。

ひっそりと静かな声。年の頃は三十代後半か。淡い金髪を控え目な髪飾りでまとめた、華奢で美しい女性だ。思慮深げな瞳の色は静謐な湖を思わせる翠で、清楚な印象を与えるが、それは瞳だけでなく彼女が纏う衣装からの印象でもある。

司祭の礼服を質素にしたような、袖や裾に縫い取りがあるだけの白と灰色の服。

それは、次の王を選定する者たちが身につける衣装である。

（『番人』――！）

どうやら第一王子の日常を視察に来たらしい。

察したラティカは慌てて寝台から跳び離れ、壁際に戻って直立不動になる。

一方レオニスは枕に肘をついて頭をのせ、悠然と迎え入れた。

「これはミリア殿。できることなら、あなたを口説き落としたいところです」

「……わたくしは、好き嫌いで王を判定いたしません」

ミリアという名らしい貴婦人は、仮面のような無表情で返す。

『番人』相手にもまったく取り繕わない王子に、ラティカは滝汗を流した。

（本っ当にこの人は、王になる気があるのか？　もう、その皺だらけの夜着のままでいい。いいからせめて、だらしなく開いた襟は正してください。身を起こして、寝台からおりて椅子に座ってください……！）

叫びたい気持ちを堪えるラティカをよそに、レオニスはミリアに椅子を勧めた。

「それで、ミリア殿。今日はどういった用件ですか？」

寝台から少し離れた応接用の長椅子に腰をおろすと、ミリアは淡々と切り出した。

「突然ですが、これから半日、殿下に付き添わせていただきたいのです」

レオニスはにこやかに首肯する。

「もちろんかまいませんよ」

「ありがとうございます。ではお尋ねしますが、本日の午後のご予定は？」

「寝て食って寝る、といったところです」

「……」

身も蓋もない返答に、ミリアは真顔で沈黙した。ラティカは内心で頭を抱える。

まずい。これでは護衛する意味もなくレオニスの評価は急降下。自滅の一途をたどってしまう。そして条件を果たせなかった自分は祖父に従いどこぞの男と結婚――

「――おそれながら！」

危機感のあまり黙っていられなくなったラティカは、沈黙を破って進み出た。

「殿下はつい先ほど、山のような書類の署名を終えられたばかりなのでございます」

仕事はしていました。着替えてすらいませんが。嘘ではないので信じてください。

目に力をこめて訴えると、ミリアはかすかに驚いた表情を浮かべて瞬いたが、やがて納得したように頷く。

「そうですか。間の悪い時に来てしまったのですね。殿下がご公務で出られるのでしたら、ご一緒させていただこうと思ったのですが」

和らいだ空気に、ラティカはほっと息をついた。

しかしそれも束の間、またしてもレオニスがよけいな口を開く。

「残念ながらこの一週間は、公務でどこかに出る予定はありませんね」

ぱちん、と暖炉で薪の爆ぜる音がして、ミリアがふたたび絶句した。

ああ……どうせ寝台から起きないなら、いっそ殴って眠らせたい。

拳を震わせるラティカの気も知らず、レオニスは大きく欠伸して枕に頭を沈めた。

「そこの護衛も言った通り、俺は一仕事終えてこれから休むところです。ミリア殿も好きにくつろいでください。茶菓子を用意させましょう」

「……いいえ、けっこうです。お疲れのところ申し訳ございませんでした。また日を改めることにいたします」

細く長い息を吐いて、ミリアが椅子から立ちあがる。長い裾を優美にさばいて扉へ向かう貴婦人を、レオニスはわずかに身を起こしただけで見送った。

「いつでもどうぞ。お待ちしていますよ。——ラティカ、下まで送ってさしあげろ」

「…………はい」

これは、終わったかもしれない。

心の中で暗澹と呟きつつ、ラティカは主に従った。


東西に長く腕を伸ばし、中央に碧い丸屋根をのせた形をしている王宮の中、第一王子レオニスの居室は東棟の三階にある。

長い廊下に出たラティカは、階段へとミリアを案内しながら己を叱咤した。

気を持ち直せ。まだレオニス殿下が王に選ばれないと決まったわけじゃない。

むしろ現時点の印象がどん底なら、これからいくらでも挽回できるではないか。

自分に言い聞かせて心を浮上させると、足を止めて傍らの貴婦人に呼びかける。

「あの——ミリア殿」

相手も止まってくれたのを見て、ラティカは深く頭をさげた。

「先ほどはお話し中に失礼しました。私はレオニス殿下付きの王宮護衛官、ラティカと申します。ミリア殿にお願いがございます。評価の際はどうか、広い視野をもって殿下を見定めてください」

ミリアは静かなまなざしでラティカを見つめ、ついでゆるりと首を傾ける。

「それはどういう意味かしら？」

「今日ご覧になった限りではわかりづらいかもしれませんが、レオニス殿下は良いところをたくさんお持ちです」

「たとえば？」

問われたラティカはきらりと目を光らせ、胸を張って即答した。

「殿下は物事をすばやく把握し、決断する能力に長けていらっしゃいます。優先事項の判断も的確で、指示される者たちに混乱が起きることはめったにありません。それから、官僚や側近だけでなく、身のまわりを世話する侍従や女官たちの顔も名前もよく覚えてらして、声をかけられる者たちは嬉しく思っています」

その根底にはおそらく、『できるだけ怠けたい。少しでも寝る時間を増やしたい』という気持ちがあるのだろうが、物は言い様だ。寝台から動かず指図して仕事を済ませる様を、適当に言い換えて長所として伝える。と、

「そうですか。その他には？」

　さらなる長所を求められてしまい、ラティカはうっと声を詰まらせた。口元に手を当ててレオニスの姿を頭に思い浮かべながら、なんとか捻り出す。

「そ、うですね……殿下は、驚くほど綺麗に字を書かれます（うつ伏せでも仰向けでも）。それに、何をされるにも所作が洗練されていて（何一つこぼさず少しもむせず、優雅に寝台で飲み食いされるのはある意味特技だ）、いつでも泰然とかまえてらっしゃるのは、芯がお強い証かと（いっそ簡単に折れる芯だったなら、自堕落な態度も楽に矯正できるだろうに）。それから――、それから……」

　それから他に、何か褒めどころがあるか？　……いや、ない。見つからない。なにせ仕えてまだ三日だし、自分自身、レオニスの評価が地の底をさまよっているのだ。

　うー、と眉根を寄せて考えたラティカは、最後にもう一つだけ思いついて、ぱっと顔をあげた。

「――あ、顔は整っています！」

　が、まじまじと見つめるミリアと目が合って、急に居心地が悪くなる。

　いや、別に。私が思っているというより、一般的に誰が見てもという意味であって。

「他には、えー……と、」

　意味なく目をさまよわせると、ミリアが少しだけ頬を緩め、うっすらと笑んだ。

「一生懸命に尽くす家臣を持っているというのは、王たる者に重要な資質ですね」

「は、はい！　私もそう思います」

都合よく解釈してくれて助かった。急いで首を縦に振ると、ミリアは目を細める。その表情から感情は読み取りにくいながらも、固く閉ざされた扉のような空気は、さっきより和らいでいる。ミリアがそっと打ち明けた。

「安心して——というのも変かしら。けれど今回の訪問で、わたくしの中のレオニス殿下に対する印象が変わったということはありません」

「え——？」

どういうことかと瞬くラティカから視線を外して、ミリアは前に向き直る。白と灰色の衣装の裾をふわりと泳がせて、ふたたび歩を進めた。

「『番人として訪れたわたくし』にも態度を変えられないところには少し驚きましたけれど、殿下の気質をわたくしはすでによく知っています。幼少の頃から存じあげていますから」

そういえば、とラティカは思い出す。クロヴァンから、レオニスの味方になりうる『番人』として、レオニスの母君——今は亡き第一王妃リリーと友人だった者がいると聞いた。ミリアのことだったのか。

思えば彼女はレオニスに対して『あいかわらず』と言っていた。昔から彼を知っているからこそ出る言葉だ。彼女はレオニスを推しているのだろうか。わからないが、せっかくのこの機会を無駄にしたくはない。

階段をおり始めたミリアを追いかけ、ラティカは尋ねる。

「ミリア殿。どうすればレオニス殿下を王位に就けることができますか？『番人』の方々は、どのような見解をお持ちなのでしょうか？」

「わたくしは、公平でなくてはなりません」

かすかに開いていた心の扉が固く閉ざされ、ミリアは厳粛な『番人』の顔になった。

「『番人』として、どちらかの王子に有利になるような助言はできません」

「はい……失礼いたしました」

やはりそう簡単には教えてもらえないか。唇を噛むラティカに、しかしミリアは一度ちらりと視線を向け、また前を見てからつけ加えた。

「ですが、考えてみてください。家臣や貴族、民たち――この国の者たちは、稀にしか表に出ない王を喜ばしく思うでしょうか」

「――！」

少なくとも、今のように部屋に籠ったきりでは王位は望めない。

民の視点で語りながら、ミリアが暗にそう言っているのだと察した時だった。

「ごきげんよう、ミリア殿」

たどり着いた一階の廊下の向こうから、コツコツと靴音が近づいてきた。

ミリアに呼びかけたのはすらりと背の高い、いかにも礼儀正しそうな青年だ。

「ウィルフレッド殿下」

ミリアが会釈して青年の名を呼んだが、聞く前からラティカにも察しはついていた。

年はレオニスの二つ下の十九だったか。腹違いの弟で、王位継承権を持つもう一人の人物。ランバート王国第二王子ウィルフレッドである。

(これは、難敵だ……)

ミリアの前に立つ第二王子を見て、ラティカは心中で苦く呻いた。

精悍な顔立ちのレオニスを獅子とするなら、弟のウィルフレッドは天馬といったところだろうか。兄と違ってこまめに切り揃えているのだろう。品のいい馬を思わせるつやつやした銀色の髪に、利発さをうかがわせる青灰色の瞳。誠実そうな面差しには繊細な美しさと華があり、丈の長い濃紺の詰襟の衣装が高貴な雰囲気に合っている。

彼の後ろには、四十前後の派手に着飾った夫人もいた。

ミリアが服の裾をつまんで挨拶する。

「ナターシャ様も。ご機嫌うるわしく」

夫人はウィルフレッドの母、先王の第二王妃ナターシャらしい。

息子と同じ銀髪に青灰色の瞳だが、こちらは針を思わせる冷たくきつい印象だ。

一介の護衛を気に留めることはなく、ウィルフレッドはミリアに尋ねた。

「兄上のところへ行かれていたのですか？　ミリア殿」

「ええ。ご公務でお出ましになる様子を拝見するつもりでしたが、本日の予定はないということでしたので、引きあげるところです」

ミリアの言葉を聞いて、ナターシャは誇らしげに息子を扇子で指し示す。

「第一王子が公務で外出することはめったにありません。代わりにこなしているのがこのウィルフレッド。誰が見ても、どちらが王に選ばれるべきかなど明らかですわ」

「母上」

険のあるナターシャの声を収めるように、ウィルフレッドはやんわりと遮った。

そうして上品な笑みをミリアに向ける。

「私は長い間王家を見守り、常に公正な判断をされてきた『番人』の方々を信じています。あなたがたが王に選ぶのは、この国をより良い方向に導く者であることも」

「ありがたきお言葉、光栄にございます」

深い礼をして恐縮するミリアに気分をよくしたらしい。ナターシャは唇の端をつりあげてミリアの腕に触れた。

「時間があるのでしたら、わたくしの部屋で休んでいかれて。ちょうど西方の珍しいお菓子が届いたところですの。ウィルも半時ほどならご一緒できますわ」

息子を売り込みたいという思惑が透けて見えたが、レオニスのもとを早々に辞してきたミリアはナターシャの誘いを受ける。

「それではお言葉に甘えさせていただきます。——ラティカさん、ありがとう。見送りはここまででけっこうです。レオニス殿下にもよろしくお伝えください」

最後にミリアがレオニスの名を口にした時、はじめてウィルフレッドがラティカを見た。ラティカがミリアに頭をさげた、ほんの一瞬。だが、強い視線。彼も兄王子のことは気にしているのだろう。

毎日のようにレオニスの部屋に仕掛けられる呪いなどの危険物は、ウィルフレッドが命じているのだろうか。いかにも実直そうな雰囲気からはとてもそうは思えないが、わからない。わからないが、一つ言えることがある。

(ただレオニス殿下の護衛をしているだけでは駄目だ)

遠ざかっていく三人の後ろ姿を眺めながら、ラティカは痛感した。

（まずはとにかく、あの怠け殿下を部屋から出さなければ。いや、表に出すだけでもいけない。皆に好印象を持ってもらわないと。いったいどうすれば――）

そのとき、三人が去った方向から、女官たちが興奮した足どりでやってきた。

「ああ、この廊下を通ってよかった！　ウィルフレッド殿下とすれ違えるなんて」

「ええ、本当に幸運だったわ。近くで見るとますます素敵！」

女官たちは頬を赤く染め、きらきらと輝く目で第二王子を褒めちぎりながら、ラティカの脇を通り過ぎていく。

「お優しい顔立ちだけど、弓を引かれる時は凜々しいのよ。先週はリード卿が招待された狩りで、一番に獲物を仕留められたそうよ」

「そのうえ語学も堪能なのでしょう？　この間は大臣に代わって南大陸の客人をおもてなしされて、大満足させた末に新しい航路を聞きだしたんですって」

「明日の剣術競技会は残念だわ。ご公務があって出られないなんて。ウィルフレッド殿下が出場されれば、今年も優勝されること間違いなしでしょうに」

殿下のご活躍を見たかったわ――とため息をつく女官たちの声を背に、ラティカははっと目を見開く。なるほど、いいことを聞いた。

（待っておられよ、レオニス殿下。必ずや清々しい外気を味わわせてさしあげる！）

にっと勝気な笑みを浮かべると、頭に浮かべた主に向かって宣言する。たった今思いついた計画を実行すべく、ラティカは黒髪を揺らして身を翻した。

知る人ぞ知る事実だが、レオニスは寝具に並々ならぬこだわりを持っている。

寝台は柔らかければいいというものじゃない。適度な弾力が必要で、レオニスは素材と硬さを変えて三層の敷き物を敷いている。それから横幅の広さはもちろん、縦の長さも重要だ。長身の自分でも悠々と使えるよう、ひとまわり大きめに作らせた。

上質な綿を素材にしたシーツは、極上の肌触りで吸湿性にも優れている。上掛けに詰められた羽毛は、寒冷な北の地イーリヤ産のアヒルのもので、あたたかいのに驚くほど軽くて肩が凝らない。

侍従長には呆れた目で見られるが、なにせ一日の八割近くを寝て過ごすのだから、気を遣うのは当然だ。いつでもどこでも寝られるという特技を持ってもいるが、できうる限り快適に睡眠を取りたい。

それほど寝具に熱を注ぐレオニスの一番のお気に入りは、特製の枕である。

レオニスの頭部や体格に合わせて作られた枕は、表層で柔らかく頭を受けとめ、中身でしっかりと首を支え、仰向け。横向き。うつ伏せ。どの体勢でも心地よく使えるという優れ物だ。そのうえ睡眠中だけでなく、執務中にも活躍する。書類仕事では、文字を書くのにほどよい角度で身を支えてくれるのだ。

　特注羽根ペンとセットで欠かせない、大事な相棒。

　そんなレオニスの枕に、ある朝突然、危機が訪れた。

「おはようございます、レオニス殿下！」

　新しい護衛が来て四日目の朝。「頼もう！」という幻聴が聞こえそうな勢いで扉を開き、その護衛――ラティカが寝室にやってきた。

「どうした……？　今朝はいつにも増して早いな」

　ここ数日は寝覚めがよく、実は割と早くから目を開けてはいるレオニスだったが、今はまだ朝鳥も鳴くのをためらう時間帯だ。ぼうっとする意識を追いやるように髪をかきあげ、腕を伸ばして天蓋を開けると、すぐそこにラティカが跪いている。

「殿下にお願いがあってまいりました」

「なんだ？」

　やけにかしこまった様子に、レオニスは肘をついて半身を起こす。

　ラティカは面をあげ、射貫くような双眸で願った。

「どうか、寝台から出てご公務をなさってください」

それはこの数日ずっと彼女が顔に浮かびあがらせていた言葉である。

とうとう見るに見兼ねて口にしたのか。自分に対して異を唱える人間がめったにいないレオニスは、ラティカの反応を見たくなってわざと意地悪く返す。

「断る、と言ったら？」

「おそらく、殿下は後悔されるでしょう」

「は？」

思わぬ切り返しにレオニスは眉をあげた。ほんの今願ったばかりの口で、それはなんの脅しなのか。面食らうレオニスを、ラティカがひたと見つめる。

「殿下は、私が護衛を引き受けた経緯をご存知ですか？」

話が飛んだ気がしたが、レオニスは頷いた。

「クロヴァンから聞いてる。実家と賭けをしているんだってな」

「任務を果たせなかった場合、私は結婚しなければなりません」

「もし俺を護れなかったら、おまえが責任とって俺と結婚するという話か？」

「私はいかなる手段を用いても任務を果たすつもりだ、という話です」

茶化すレオニスをぴしゃりと切り捨てて、ラティカは続ける。

「私が引き受けた任務は、無事王位に就かれるよう殿下を護ること。殿下が王になられなければ任務失敗です。現在のところ、めったに表に出られない殿下は非常に不利にございます。したがって先ほどの願いを聞いてくださらない場合、私は少々強引な手を使わせていただきます」

「ほう。どうするつもりだ？」

挑発的に尋ねると、ふいにラティカは立ちあがった。

腰を折って、ぐっとレオニスに顔を近づける。

「殿下は昨日、欲しいものはなんでも言え、と私に仰いましたね」

さらりと肩を滑った黒髪が、レオニスの頰近くに落ちかかる。

長い睫毛に縁取られた、青玉よりも透き通った瞳。

あらゆるものを見透かしそうな双眸に、レオニスの心臓がざわりと波立った。

「……ああ。望む通りに叶える、と言ったな。欲しい物ができたのなら言え」

叶えるのはあくまで物についてで、表に出てほしいという望みには繫がらない。

そう考え、わずかに掠れた声でうながすと、ラティカがいっそう身を乗り出す。

「では――」

凜々しくも美しい顔がさらに迫り、剣士にしては白く滑らかな手がレオニスの背後へと伸ばされた。いつもなら大歓迎とばかりに抱きしめて迎えるだろう自分を忘れ、レオニスは押されるように身を傾ける。ぎしり、と音を立てて寝台に肘をつき――

「――この枕をください」

「はあ？」

自分の後ろからラティカがとりあげた特製枕を見て、ぽかんと口を開けた。

「……それを貰ってどうする？」

「本日十時より、城下の王立闘技場で剣術競技会があるのはご存知ですか？」

「知っているが、それがどうした？」

嫌な予感を覚えつつ問い返すと、

「この枕を、競技会の参加賞の景品に加えます」

ラティカは人質とばかりにしっかりと枕を胸に抱きしめ宣言した。

「取り戻されたければ、殿下も競技会にご参加ください。出場の申し込みは昨日のうちに私が済ませておきました。必要な物もすべて準備してあります。参加者の集合時刻は九時半まで。闘技場入り口に受付があるとのことです。――では」

「おい、待――」

流れるようにまくしたてたラティカは、レオニスの制止がかかる前に身を翻して走り去る。入れ替わりに、女官たちがわらわらと入ってきた。その手にあるのは洗顔用の盥と水。髪を梳く櫛。金糸の刺繡が見事な衣装。飾り気のない競技会用の剣だ。

「おまえたち……」

ラティカに懐柔されたな。

レオニスは額に手を当て非難の目を向けたが、女官たちは悪びれず口々に言う。

「お許しくださいな。私たち、常々殿下の雄姿を拝見したいと思っていたのです」

「たまには夜着以外のご衣裳にお召し替えさせてくださいませ」

「殿下は着替えて剣を持たれるだけで、皆を魅了すること間違いなしです」

待ちわびていた食材を前にした料理人のような、期待と興奮にらんらんと輝く目。

こういう時の女に逆らうのは、愚か者のすることだ。やれやれと肩をすくめたレオニスが、早速世話に取りかかる女官たちの好きにさせていると、話を聞いたらしいクロヴァンが常より落ち着きのない足どりでやってきて、硬い声で問う。

「競技会に出られるのですか？　殿下」

その顔に不安げな色を見て取ったレオニスは、それを拭い去るように太く笑った。

「ああ。せっかくお膳立てしてくれたんだ。貰えるものは貰っておこう」

ランバート王国では毎年、秋の収穫を終えたこの時期に剣術競技会が開かれる。

先々王が城下に建てた円形の闘技場には、貴族から平民まで万を超える観客が入り、国中から集まった剣士たちが腕を競う様を、娯楽として楽しむ。

主催するのは国王だが、昨年は先王が崩御し、喪に服していたため開催されなかった。そして今年はまだ新王が決定していない。しかし先王の第二王妃ナターシャが、『楽しみにしている民たちのために』と主催者の役を買って出たのである。

彼女の息子で前回の優勝者でもある第二王子ウィルフレッドは、公務で遠出するため今年は不出場となったが、主催者であるナターシャは優勝者に多額の賞金と『その者の望みを何でも叶える』という副賞を与える。つまりは、それができるほど力を持っているのだと周囲に示す機会でもあるのだ。おそらく彼女は、たとえウィルフレッドが不在でも主催する価値は十分にある、と踏んでいたことだろう。しかし――

「ま……まいりました」

五回戦、第二試合。試合開始後わずか数秒。

鼻先に剣を突きつけられた男は、首をのけぞらせて声を漏らした。

男の目に映るのは、日の下でよりいっそう豪奢に輝く朱金の髪。

ほんの数合で彼の剣を弾き飛ばした相手。

「――勝者、レオニス殿下！」

わあっと歓声が巻き起こり、レオニスは剣を鞘に納めてきっちりと礼をした。闘いに集中していた厳しい顔つきをふっと緩め、笑みを浮かべて観衆に軽く手を振ると、歓声は地鳴りのように響き渡って闘技場全体を揺らす。

優勝まで七勝のうちの、これで五勝めである。久しぶりに公の場に姿を現した第一王子は圧倒的な強さで勝ちあがり、客たちは皆、その活躍ぶりに熱狂していた。

数万の目を一身に浴びながら堂々と立つレオニスは惚れ惚れするほど雄々しく、軍服を模した黒の衣装は袖と襟に縁取りがあるだけの簡素な装飾だが、それがかえって彼の整った容貌を際立たせる。今朝までずっと、くらげのように自室でだらしなく過ごしていた人物と同じとは、到底思えない。ここにいる誰も、主催者のことなどもう思い出しもしないだろう。この大会における主役は完全にレオニスだった。

（これほどまでとは、思わなかった……）

レオニスの身を狙う者がいた時に備え、舞台下から試合を見守っていたラティカは、凝然と目を瞠る。

ラティカはその者が剣を扱えるかどうか、手を見て判断することができる。

昨日レオニスの手に触れた時、彼も少なからず剣術を学んでいることに気がついた。最近は熱心に鍛錬していないようだが、ある程度の腕は持っている、と。

だからこそ強引にでも競技会に出場させる作戦を取ったのだが、ここまでの強さは予想外だ。ニーダの若者で彼と対等に戦える者が、どれほどいるだろう。

(そういえば、あれだけ寝倒している割には引き締まった身体をしていた気がする)

初顔合わせの時のことが、ふっと頭に浮かぶ。

寝台に自分を引っ張りあげたレオニスの腕は力強く、薄い夜着ごしに抱きしめた身体は、鋼のようにしなやかな筋肉をしていた――と思い返していると、
その時の感触そのものの腕に肩を抱き寄せられ、心臓がどきりと跳ねあがった。

「何を呆けた顔をしている」

「レオニス殿下――」

「どうだ？　おまえが望む通りの展開だろう」

いつのまにか舞台から石段を降りてきたらしい。にやりと口端をつりあげたレオニスが、ラティカの頭に手をかける。舞台の陰で人目にはつかないのをいいことに、ラティカのこめかみに音を立てて口づけた。

「な、何をなさるのですかっ」

ラティカはかっと目元を赤くしてレオニスを睨みあげた。

——不覚っ。考え事に気をとられて、殿下の手を避けそこねてしまった。

不埒な腕から逃れようと手を突っ張るが、レオニスは放すどころかますます腕の力を強め、のうのうとのたまう。

「ここまでの活躍に値する褒美を貰っている。本来なら、おまえのほうからしてくれたっていいくらいだと思うんだが」

言われたラティカは「うっ」と顔をしかめた。罠に掛けるようにしてレオニスを試合に出場させただけに、反論できない。不承不承ながら抵抗をやめ、腕をおろす。

「たしかに、望んだ以上のお強さです。お見それしました。それに……」

ラティカは改めてまじまじとレオニスを見た。彼の強さだけでなく、意外にも意欲があるところにも驚いていた。一回戦終了直後、参加賞の片隅に飾られていた特製枕はいの一番に取り返したのに、レオニスは二回戦も三回戦もその後もずっと、真面目に試合をしている。いまさら人目を気にする性格でもないだろうに、いったいなぜ。

上目遣いにうかがう視線を、レオニスは読み取ったようだった。

「俺にやる気があるのが不可解か？　心配しなくても、ちゃんと理由はあるぞ」

レオニスがラティカの顎をすくいあげる。

間近に顔を寄せたかと思うと、ぞくりとするほど艶めいた笑みを浮かべた。

「今度は、俺が望みを叶えてもらう」

「え――?」

「レオニス殿下、次の試合が始まります。どうぞ舞台へ」

そこで審判の呼ぶ声がして、レオニスは舞台へと戻っていった。

残されたラティカの胸に危機感のようなものが押し寄せ、鼓動がどっと速くなる。

なんだ、いまの表情は。心臓に悪い。いや、なにやら非常に悪い予感がする。

じわりと背に汗が浮かんできたそのとき、甲高い声が耳に飛び込んできた。

「どういうことです！　なぜ第一王子が出場しているの?」

「それが、昨日の午前の時点ではたしかに出られる予定ではなかったのですが、どうやら滑り込みで参加を希望されたらしく……」

声の主はナターシャだ。ここから少し距離のある貴賓席からでも言葉が聞き取れるほど苛立っているらしい。彼女の後ろにはミリアを含めた五名の『番人』たちも座って見物しているというのに、それも頭から消えているらしい余裕のなさだ。横に立つ侍従らしき男は、哀れなほど首を竦めている。

「ふざけないでちょうだい。第一王子が優勝してしまったら、わたくしはあの者の望みを叶えないといけないのですよ!?　ああ、なんということ。もしあの者が勝って、ウィルフレッドの王位継承権放棄を望みでもしたら――」

――違う。殿下の望みはそれじゃない。

悲鳴混じりのナターシャの言葉を、ラティカは胸中で否定した。

レオニスが自分に向けたあの表情、あの台詞。絶対にそうだと確信する。

競技会に強引に出させた仕返しのつもりか。

(殿下は私に対して、何か不埒なことを望むつもりだ――！)

「勝者、レオニス殿下！」

またも客席が沸きあがり、レオニスが決勝に勝ちあがったことを知る。

ラティカはぐっと拳を握りしめた。

(……断固阻止せねば！)

たとえ途中で敗退しようと、レオニスが人前に出て観衆の心を引けばそれで充分だと考えていたラティカにとって、いまや一番の心配事は『殿下が優勝したら一体何を望んでくるのか』に変わっていた。

舞台下から急ぎ離れ、出場者の控え室へと向かう。

「おい、おまえこれから決勝なんだろ？　相手はレオニス殿下になったらしいぞ」

「はっ、たとえ殿下が相手だろうと手加減するつもりはねぇよ」

決勝に出るらしい、他の剣士たちに話しかけられている大柄な男を見つけ、彼らの輪の中に割って入る。

「その試合、すまないが私に譲ってくれないか？」

「はあ？」

突然無茶な頼みをしてきたラティカに、男は片眉を跳ねあげて振り返った。

「寝ぼけたこと言うな。俺は優勝賞金で一生遊んで暮らすって決めてんだ」

それからラティカの全身を上から下まで眺め、にやにやと品のない顔で笑う。

「ふん、一応は剣士なのか。だが、あんたみたいな細っこい嬢ちゃんが舞台に立ったって、観客は満足しないぜ？　色っぽい踊りでも披露するならともかく――」

男が肩に触れようとしてきた瞬間、ラティカはほとんど予備動作なく剣を抜き放った。指一本の距離を残して男の目前で剣先を止め、彼の言葉を断ち切る。

「賞金はそのまま貴方に渡す。頼む。貴方の代わりに決勝に出させてほしい」

さすがに決勝に残っただけあって、その一瞬で実力の差を悟ったらしい。男は両手をあげてふざけた表情を引っ込めたが、かわりに戸惑いの色を浮かべた。

「そう言われても、あんたと俺じゃ見た目が違いすぎる。代わるなんて無理だ」

「それは――」

たしかに。出場者の中には物々しい鎧や兜をつける者もいたが、顔は隠せても体格はごまかせない。どうしたものかと顎に手を当て考えていると、

「芋～。お芋～。あったか～い焼き芋はいかがっすか～？　甘くてうんまいよ～」

視界の端に、人々の間を縫ってまわる物売りの姿が入ってくる。

（――これだ！）

ラティカはきらりと目を光らせ、物売りのほうへと走り寄った。


準決勝が終わってしばしの休憩を挟むと、いよいよ決勝戦の開始である。

すり鉢状の段になっている客席はいっぱいの人で埋め尽くされ、賭けに興じる声があちらこちらで飛び交い、物売りたちも今が最後とばかりに負けじと声を張る。

まもなく試合が始まるという、場内の期待と興奮が最高潮に達していたそのとき、

「おい、なんだあの可愛いの」

観客の誰かが困惑の声をあげ、舞台の端を指差した。

舞台にあがる階段の下で、これから戦う出場者二人が出番を待っている。

遠目にも鮮やかな朱金の髪の青年は、今日一日で一挙に株をあげた第一王子だ。

しかしもう一方は、人の姿をしていなかった。

人間の八倍は大きい、もこもこした金茶の生地で作られた頭部。やや丸みのある三角の耳。拳大のつぶらな目。同じくもこもこした素材の胴体には、桃色のシャツと短いズボン。首には赤いリボンをつけ、後ろからはひょろりと尻尾が伸びている。

「——ネコ」

「ネコだ」

「ネコ可愛い」

ざわざわと、客席に動揺が広がっていく。

王子の対戦相手として横にいるのは、明らかにネコ——の着ぐるみだった。

「あの頭と胴体のでかさで、どうやってここまで勝ち進んだ？」

「いや、今まであんなんいなかっただろ。ていうかあれ、前見えるのか？」

会場全体がざわめきに揺れる中、審判が双方の剣士を舞台上に呼ぶ。

「東方、レオニス・ランバート殿下！　そして西方、ゴードン・ゴンザレス！」

——ネコ、名前可愛くねえ！

観衆の心の叫びをよそに、両者は舞台にあがった。そうして向かい合って礼をし、

「面白い趣向だな、ラティカ。その姿も可愛いぞ」

にっこりと笑って剣を抜くレオニスの言葉に、『ゴードン・ゴンザレス』こと着ぐるみの中の人、ラティカはぎくりと肩を揺らした。

やはりバレたか。しかし、なんと言われようと戦うために白を切り通す！

ラティカは着ぐるみの内側から、くぐもった声で否定する。

「ラティカではありません。私は『ゴードン・ゴンザレス』です」

「どこで見つけてきたんだ？　そのネコ」

「ネコじゃありません。雌ライオンです」

ついでに一つ訂正も入れたところで、審判の男がおずおずと尋ねてきた。

「あのー……始めてもよろしいでしょうか？」

「もちろん」

「いつでもどうぞ」

レオニスは軽く眉をあげ、ラティカはすでに抜いていた剣（鞘を腰に差せなかったので）を両手にかまえる。気を取り直した審判が「始め！」と手をあげて、決勝の火蓋は切って落とされた。この競技会は、剣を落とすなどして相手の武装を解くか、「まいった」と言わせたほうが勝ちだ。

（ここまでの試合、殿下は最小限の動きで本気を出さずに勝ちあがってきた。相当な

手練れだ。早く勝負をつけないと私のほうが分が悪い）

試合開始と同時、ラティカは恐るべき瞬発力でレオニスに突進した。

（速やかに、かつ殿下をいっさい傷つけずに勝利する！）

まず眼前に放った横薙ぎの一閃で視線を引きつけると、俊敏に地を蹴って横に跳び、レオニスの背後にまわる。そうして死角から、彼の手元を狙って剣を跳ねあげた。

「――！」

剣先がレオニスの柄を捉える直前、レオニスが身を返してぎりぎりで避ける。ラティカはざしゅううっと地面に手をつき、勢いで頭から転がりそうになるのを防いだ。

「ネコ速ぇ……！」

「マジな動きがなんか怖えー！」

観客のどよめきを背に、レオニスは感心しきった目をラティカに向ける。

「その格好で、よくもそう素早く動けるものだな」

口笛でも吹きそうな気楽さで言って、軽い仕草で剣を振るう。

「日がな一日寝て過ごしているお方とは、鍛え方が違いますのでっ」

見た目よりはるかに重い一撃を受け止め、ラティカはぐっと跳ね返した。

両者は互いに譲らず、観客たちは息を呑んで激しい攻防を見守った。

圧倒的に不利なはずの『ゴンザレス』の動きはほとんど衰えず、勝敗が決するまでまだしばらくかかるのではと思われた時、ふいに転機が訪れた。

ラティカと剣を合わせた直後、レオニスの動きがなぜか一瞬鈍ったのだ。

(もらった!)

隙を逃さずラティカは強く柄を握り、容赦なく剣身を振りおろす。レオニスの手から剣を叩き落とし、返す刃を突きつけて試合を終わらせるつもりだった。

しかし、ラティカの攻撃をレオニスが辛うじて斜めに受けた瞬間。

びきんっ、と硬質な音が響き、レオニスの剣が半ばから折れた。

「──っ」

銀光を閃かせて剣先が飛んでいくのを横目に、ラティカの背筋が凍る。

(まずい──)

思わぬ抵抗のなさに力加減が狂い、意図しない軌道で己の刃がレオニスを襲う。

(──止められない!)

殿下を傷つけてしまう。

思わず目を眇めたラティカの手が、刹那、ふっと軽くなった。

衝撃すらほとんど感じさせず、巻き取るような柄の動きに剣を奪われる。

からん、と乾いた音が耳に届いた時には、折れ残った剣の断面が着ぐるみごしに目の前にあった。ラティカの剣は気づけば手から離れ、舞台に横たわっている。

会場がしん、と水を打ったように静まり返り、その数拍後。

「――勝者、レオニス殿下っ!!」

審判が腕を振ってレオニスの勝利を告げた。

これまでで最も大きな拍手と歓声が、闘技場全体を包む。

堂々たる礼で応えるレオニスを、ラティカはいっぱいに見開いた目で見つめた。

(手練れ、などというものじゃない。いくら私が不利な姿をしていたからと言って、あの速さ、あの剣技。おかげで怪我をさせずに済んでよかったが、これほどの実力を持ちながら、どうしてこの方は普段ああなのだ……?)

強い疑念に眉をひそめていると、レオニスが折れた剣先を拾いあげる。

「見事なまでに真っ二つだな」

面白そうに観察する主に、ラティカはもう一つの懸念を思い出した。

「なぜ殿下の剣が……今朝私が、きっちりと手入れしたばかりなのに」

そう。この剣が折れたのは不可解だった。レオニスを競技会に出場させるにあたって、自分は完璧に用意を調えたのだ。剣に関しては特に念入りに確認した。そしてこの試合、ラティカは破魔の剣を使ってはいない。練習用の刃引きしてある剣だ。あの程度の攻撃で破損することなどないはず。

と、レオニスがラティカのもこもこした手に折れた刃をのせる。

「折れる直前に気づいた。うっすらとだが、亀裂が入っていた」

「！」

ラティカは顔つきを険しくし、断面のあたりに残る亀裂を見る。

あのとき殿下の動きが一瞬鈍ったのは、これのせいだったのか。

「この試合の前に、どこかで剣を手放すことがありましたか？　殿下」

「さっき控え室で休んだ時に一度、案内の男に預けた。栄えある決勝の場で小細工をすることがないように、と言われてな」

「……！」

ラティカの手の中で、剣先がぐっと握りしめられる。

競技会の最中にも、レオニスの身を狙った者がいる。

案内の男が実行犯だとしたら、黒幕はこの競技会に深く関わっている者だ。

「優勝者であるレオニス殿下に、主催者のナターシャ様から祝福が贈られます！」

そのとき進行係が声を張りあげて、ラティカは我に返った。見れば貴賓席からおりてきたらしいナターシャが、引きつった笑顔ですぐそこにいた。レオニスの優勝がよほど悔しいらしく、顔色は蒼白に近い。彼女の怒気が伝わったのか、客席にも緊張した空気が流れ、会場に再び静寂が訪れる。

「素晴らしい雄姿でした、レオニス殿下。民たちも皆喜んでいますよ。ランバート王家にとっても、誇らしい限りです」

ナターシャは白々しくレオニスを称え、侍従に持たせた盆から賞金の入った袋を手に取った。細められた目は冷たい炎のようで、睨んでいると言ってもいいほどだ。

彼女が殿下の剣に細工をしたのか。このまま賞金を殿下に取らせてもいいものか。何か罠でも仕掛けられていたら――

レオニスに差し出された袋を、ラティカははらはらと見つめたが、

「私はけっこうです。その賞金は、健闘したゴンザレスにお与えください」

レオニスが賞金の受け取りを辞したので、ほっと胸を撫でおろす。

しかし安堵は一瞬で、レオニスは次に、にっこりと笑って言った。

「そのかわり、義母上には私の望みを聞いていただきたい」

（――あ。しまった。そうだった……！）

「……どんな望みかしら。どうぞ遠慮なく言ってちょうだい」

ぴくりと頰を痙攣させたナターシャと同じかそれ以上に、ラティカの血の気がさあっと引いていく。つい今まで蒸されるほど暑かった着ぐるみの中が、急激に冷える。

何でも望みを叶えてもらえるという、優勝者の副賞。

自分はそれをレオニスに与えないために決勝に出たのだった！

思い出して泡を食うラティカの身体を、強い力が引き寄せた。未だ被ったままの大きな頭部によろめいたところを、しっかりとした腕に支えられる。抱きしめた着ぐるみのネコ——もとい雌ライオンに頰を寄せ、レオニスは己の望みを述べた。

「この者と丸一日、私の寝室でくつろいで過ごすことをお許しください。それが私の望みです」

その言葉に、その場にいる誰もが衝撃を受ける。

——殿下、そいつと寝室で一体何を？

——見た目愛らしいネコでも、中身はゴンザレスですよ!?

観客席にも動揺が走り、なんとも形容しがたい複雑で微妙な色が広がっていく。

しかしそれはやがて、納得の色に変わった。

なぜならナターシャから漂っていた苛立ちと緊張が、明らかに薄らいだからだ。

「わかりました。わたくしの名にかけて、勝者の望みを叶えましょう」

余裕を取り戻したナターシャが微笑み、観客たちは「ああなるほど、そういうことか」と解釈する。これはおそらく公の場で義母との間に角を立てないよう、いたずらに民の不安を煽らないように冗談で煙に巻いた、第一王子の配慮なのだ――と。

好意的な解釈は、レオニスの器量が認められた証でもあり、ラティカにとって喜ばしいことのはずだった。しかし、

「そこの者。ゴンザレスと言いましたか。本来なら優勝者に与えるこの賞金を、準優勝者である貴方に与えます。特例の引き換えに、レオニス殿下の望みを叶えなさい」

賞金を手に命じるナターシャの声を、暗澹とした気分で聞く。賞金などいらない、と突き返したい衝動に駆られたが、本物のゴンザレスに『賞金は渡す』と約束してもいた。もはやこの流れは避けられない。

「……………はい。承知いたしました」

その場に片膝をついて答えながら、心の中で涙する。

（……………………………………やられた）

誰にも見えない着ぐるみの中でがくりとうな垂れ、ラティカは賞金袋を受け取ったのだった。

第二章　王子の万能（？）な護衛官

「たしかに私は負けました。ナターシャ様の命に従い、今日一日殿下と一緒にくつろぎましょう。ですが、くつろぐ場所の詳細までは指定されておりません」

剣術競技会の翌朝。

部屋を訪れるなり「副賞をくれ」と寝台で手招きしたレオニスに、ラティカはきっぱりと言い放った。優勝したのをいいことに不埒に怠けるだろう主を見越して、昨夜一晩考えた抵抗策である。

寝室とは言っていたが、寝台とまでは言われていない。

添い寝などさせられてたまるか。むしろこれを利用して殿下を動かしてやる。

「殿下のために、私が最上のくつろぎをご用意いたしました。着替えを済まされましたら、どうぞこちらの長椅子にお移りください。朝食をお持ちしています」

優秀な侍従よろしく、胸に手を当て頭をさげて待つと、

「――ふうん？」

面白そうに口端をあげたレオニスが天蓋の内で着替え始めたので、ラティカはよし！　と腹の横で拳を握った。身なりを整えた主を長椅子に座らせ、テーブルに食事を並べる。やがて朝食が済むと、食後のお茶を口にするレオニスの傍らで、ラティカはおもむろに足を広げて立ち、絨毯にぺたりと両手のひらをつけた。

「……何をしている？」

思った通り怪訝な顔をするレオニスに、ラティカは得意顔で告げる。

「準備運動の柔軟です。今日一日一緒にくつろぐと申しあげたでしょう。鍛錬こそが、私のくつろぎ方ですので」

意訳。私と一緒に鍛錬しましょう、殿下。

今度は上半身を左右に捻りつつ、ちらりと反応を目でうかがう。

レオニスは数度瞬きを繰り返し、それからぶっと吹き出した。

「なるほど。おまえもなかなか考えるな……！」

よほどツボにはまったのか、目の端に涙まで浮かべ、肩を揺らしてくっくっと笑い続ける。

（そこまで笑うことか……？）

なんだか自分がひどく稚拙なことをした気分になってきて、ラティカがむう、と口を曲げていると、レオニスは目尻を拭って言った。

「そういうことなら、お互いにとって良いくつろぎ方がある」

「？　どのようなくつろぎ方ですか？」

「説明するから、ここに座れ」

長椅子の座面を指でとんと叩いたレオニスに従い、ラティカは腰をおろした。

と、レオニスの頭が膝に落ちてきたので、慌てて横に腰をずらす。

「こら、なぜ避ける？」

「避けるに決まっています。それのどこが良いくつろぎ方ですか」

不服そうな表情で肘をつくレオニスに、ラティカは立ちあがって抗議した。彼が今やろうとしたのは、膝枕というやつだ。自分の鍛錬とはなんの関係もない。

ラティカは非難の目を主に向けたが、レオニスは平然と説いた。

「俺は楽な姿勢になれる。おまえにとっては重みになるものを膝にのせるという鍛錬になる。一石二鳥だろう？　簡単そうだと甘く見るなよ。長時間になるとけっこうきついらしいぞ。慣れていないのなら、おまえでも一、二時間で音をあげるかもな」

これ見よがしな挑発だ。しかし、そう言われると鍛錬好きの心に火がつく。

「私は未体験ですが、その倍以上耐えられる自信があります」

「ほう。それなら証明してみせろ」

「わかりました」

売り言葉に買い言葉で答えて、ラティカはふたたびレオニスの隣に腰を落とした。

言いくるめられたのはわかっていたが、挑戦したくなってしまったのだから仕方ない。ぱしりと両膝を叩いて主を迎える。

「さあどうぞ。私の重石になってください」

「ああ。それじゃあ遠慮なく」

心底楽しげに目を細めたレオニスは、今度こそゆったりと横になった。しかし、

「…………硬いな」

ラティカの膝に頭をのせた直後、眉根を寄せてぽつりと漏らす。

不満げな呟きに、ラティカは「ああ」と軽く眉をあげた。

「随所に暗器を仕込んでいますから」

レオニスは宝飾品で身を飾るのが好きなようだが、身につけるなら自分は断然、暗器派だ。足だけでなく髪にも袖口にも胸元にも、全身ばっちり仕込んである。

「不快でしたら、おやめになりますか?」

「…………いや、このままでいい」

わずかな間の後、レオニスはひどく不本意そうに瞼を閉じた。

さすがは自堕落軟派王子。あからさまに当てが外れたような顔をしているのに、変なところで忍耐力を発揮する。太腿にあたたかな重みを感じながら、ラティカは呆れ半分感心半分で息をつく。

「下心があったとはいえ、競技会で勝利したからには王位に就かれる気がおありなのでしょう？　明日からは容赦いたしませんからね、レオニス殿下」

「んー？　それは、楽しみだな……」

レオニスは眠そうに言って、頭の収まりどころを探すように寝返りを打った。

いかにもな生返事に、ラティカはむっと眉を寄せる。

「昨日で殿下の株は一気にあがりましたが、それはもとの評価がそれだけ低かったからだと自覚なさってください。仮に優勝したのがウィルフレッド殿下であれば、あそこまでの反響はなかったでしょう。あの方が不出場で、本当によかった」

昨日はレオニスを表に出すことに成功したが、一時的では駄目だ。今度はどんな作戦を立てよう。決勝でレオニスの剣に細工をした者についても考えねばならない。あれから運営側を問い詰めたが、レオニスの剣を預かった男は出てこなかったのだ。

あれこれ考えをめぐらせていたラティカは、そこでレオニスがいつのまにか瞼を開けてこちらを見ていることに気づく。

「何か？」

「随分とウィルを評価するな。会ったことがあるのか？」

さすがに少しは弟への対抗心があるのか、尋ねたレオニスは膝枕の硬さを指摘した時よりも不満そうな表情をしている。これはいい傾向かもしれない。

ラティカはレオニスの対抗心を煽ろうと、ここぞとばかりに弟王子を褒めそやす。

「ミリア殿をお送りした時に、お姿を拝見しました。近くにいた女官たちが騒いでいるのも見ました。品行方正。文武両道。誠実なお人柄に見目までも麗しいとなれば、誰もが好意を抱いて当然でしょう」

「……へえ」

相槌を打つレオニスの声が、一段低くなった。

その響きになんとなく不穏なものを感じる――と思った刹那、首の後ろに手がかかり、ラティカの頭がぐっと下に引き寄せられる。

「おまえも、俺よりウィルのほうが好みか？」

逸らしようのない近さで、漆黒の瞳にのぞきこまれる。その双眸に誘い出されるように、昨日のレオニスの王者然とした姿が眼裏に広がる。鼓動が大きく波打って――

(——駄目だ!)

うっかり妙なことを口走りそうになる唇に、ラティカは慌てて待ったをかけた。侍従たちのようにレオニスに心酔し、なんでもほいほい従うようになってしまったら、たまったものじゃない。ぶんと頭を振って正気を取り戻し、主の手を首から外す。

「いかに剣術に秀でていようと、心根や日頃の振る舞いがなっていない人は論外です。軟派でだらしのない方より、真面目に公務をこなされているウィルフレッド殿下のほうが断然好ましいに決まっています」

背筋を伸ばすふりで顔を背けて断言すると、

「それはどうも、ありがとう」

思いがけずお礼を言われ、ラティカは驚いて声の方向を振り返った。

「おくつろぎのところ失礼いたします、兄上」

侍従長クロヴァンに案内され、銀髪の青年が優雅な物腰で扉から入ってくる。

白い衣装が眩しいほどによく似合う、噂の第二王子ウィルフレッドだ。

「ウィル。久しぶりだな、おまえがこの部屋に来るのは。いったいどんな用件だ?」

レオニスはわずかに目を見開いて弟を見た。例によって膝枕から頭を浮かそうともせず、首だけ動かして迎える。

（うっ……このぐうたら朱金頭、おろしたい！　壁際の定位置に戻りたい……！）

人前でこの体勢はさすがに恥ずかしい。ラティカのほうこそ腰を浮かせたかったが、察したらしいレオニスが無言ですっと部屋隅の柱時計を指差す。一、二時間の倍は耐えると言った自分を思い出させられ、ラティカは屈辱的な気分で留まった。

一方ウィルフレッドは兄の愚行には慣れているのか、気にしたふうもなく長椅子のすぐ前まで来ると、にこりと品よく微笑む。

「お祝いを述べに来たんですよ。剣術競技会優勝、おめでとうございます」

「それはどうも、ありがとう」

先のウィルフレッドの言葉をなぞって、レオニスも笑み返した。

兄と弟二人の視線が交わり、ぴんと糸を張ったような沈黙が流れる。

先に口を開いたのはウィルフレッドだった。兄から視線を外し、緩く首を振る。

「自分の真面目な性分が、昨日ほど悔やまれた日はありません。遠出などしなければよかった」

「ああ、皆おまえの活躍を見たがっていたようだ。来年また出場しろ」

「そうですね。兄上も出てくださるのなら」

青灰色の瞳に挑むような光が宿る。やはりただ上品なだけの王子ではないらしい。

悟ったラティカの腰に、そのときレオニスが腕を絡めてきた。

「用件はそれだけか？　俺は今、競技会の副賞を貰っているところなんだが」

そう言ってレオニスがラティカの腹に顔を寄せると、そのふしだらさに呆れ果てたのか、ウィルフレッドの笑顔に冷ややかなものが混じる。

「聞いていますよ。愛らしいネコを褒美に望まれたと。噂以上に可愛らしいですね」

ウィルフレッドは見さげたような視線をちら、とラティカに移した。

（私は石。石の枕。硬いし何も感じない……！）

いたたまれなさのあまり無心になろうと努めるラティカの気も知らず、レオニスは飄々と言う。

「ああ、ネコじゃなく雌ライオンらしいが。気の強いところも気に入っている」

「――では、これ以上お邪魔しないよう、もう一つの用件を告げましょう」

その言葉が合図になっていたかのように、隣室から白と灰色の服の者たち――『番人』が入ってきた。人数は五名。その中の一人にはミリアもいる。さすがに身を起こしたレオニスの前に『番人』たちが並ぶのを待ってから、弟王子が切り出す。

「先日ミリア殿から聞きました。ご公務で出られる兄上に付き添いたいと考えているのに、残念ながら一週間は予定がないと言われたと。そこでお誘いに来たんです」

あくまで穏やかな口調で、ウィルフレッドは提案した。

「私は明日、城下の視察を予定しています。日頃体調不良で稀にしか表に出られない兄上も、剣術大会で優勝されるほど最近はお元気なご様子。この機会にぜひ、私と共に視察に赴きませんか？」

なるほど、とレオニスは口端をつりあげた。

二人の王子を同時に見比べたい、ということらしい。

「私どもも同行し、両殿下のご様子を拝見いたしたく存じます」

『番人』たちもウィルフレッドの提案に同意し、申し出る。

改めて弟に目を向ければ、優等生然とした顔の中に好戦的な色を浮かべていた。

視察先の前情報がある分、この話はウィルのほうが有利だ。

わかったうえで、レオニスは快く首肯した。

「可愛い弟からの誘いだ。受けることにしよう。『番人』方も、よろしくお願いする」

それから応接用の椅子に彼らを座らせ、明日の日程についてウィルフレッドに詳細を聞き、『番人』たちとも行程を確認し合うと、彼らは引きあげ、部屋にはレオニスとクロヴァン、そしてラティカの三人になった。気づけば窓側の壁に移動していた護衛からの視線を感じ、レオニスはそしらぬふりで水を向ける。

「どうした？　ラティカ。意外そうな顔をして」

「……失礼ながら、これまでの殿下の態度を鑑みるに、そうあっさりと視察の話を受けられるとは思っておりませんでした」

ラティカは不思議そうにこちらを見つめ、瞬きを繰り返している。

失礼とは知りつつ、包み隠さず本音を言う。

この正直さが心地よく、またからかいたくもなるのだ。

レオニスはラティカのもとへ行き、絹のような手ざわりの黒髪を一筋掬いあげる。

「少し努力をしてみることにした。おまえに好ましく思ってもらいたくてな」

「――っ」

髪の先に口づけると、ラティカの顔はたちまち朱に染まった。

その目に浮かぶのは甘い恥じらいではなく、主のふしだらな行為に対する怒り。

素直なうえに、気が強い。

笑い出したくなるレオニスの横を、ラティカが憤然とすり抜ける。

「どこへ行く？」

扉へ向かう細い背中に尋ねると、ラティカは憮然としつつも足を止め振り返った。

「明日のことについて、他の護衛官や準備に携わる侍従、御者たちと打ち合わせをしてまいります。馬車の点検も怠らないように、しっかりと釘を刺さなければ」

「今日一日、俺とくつろぐ約束は？」

そんなことを言ってる場合か。という文字が即座に顔に浮いたが、おそらく勝負に負けたことを思い出したのだろう。ラティカは堪えるように額を押さえ、息を吐く。

「……戻りましたら、殿下のお気が済むまで耐久膝枕におつきあいします」

「それなら許す。行っていいぞ」

「……ありがとうございます。それでは失礼いたします……！」

跳ねるように揺れる長い黒髪を見送りながら、レオニスは口元を綻ばせた。

ニーダの戦士になりたいという公爵の孫娘は、一見生真面目で固そうだが、思ったことがそのまま顔に出るほど真っ直ぐで、表情はくるくると変わる。すぐ赤くなるところも、渋い顔をしつつも律儀に仕事をこなそうとするところも好ましい。

会う前は『自分に必要な新しい護衛』程度にしか考えていなかったが、彼女をかまうのは存外楽しく、レオニスは彼女を見つけてきたクロヴァンに感謝していた。

しかしそのクロヴァンは、視察に関する資料を手に顔を曇らせている。

「楽しげにされているところ水を差すようですが、あまり入れ込まれませんように」

レオニスは資料を受け取ると、寝台に寝転がって軽く手を振った。

「案ずるな。ラティカのことはたしかに気に入っているが、おまえが危惧するような感情とは違う。この感情を言葉にするなら、『愉快』というやつだ」

新鮮な反応が面白い。もっと見てみたくなる。

だが、それだけだ。

資料を広げながら気楽に返したが、クロヴァンは納得しないようだった。かえって困惑した顔でぽそりと尋ねる。

「でしたらなぜ、さきほど不機嫌な顔をされていたのですか？」

「不機嫌？　俺がいつ？」

レオニスは軽く驚き、首だけ持ちあげて侍従長を見た。いったいどこを見てクロヴァンはそう思ったのだろう。

思い当たる節がなく、片眉をあげて問い返すと、

「いえ……私の勘違いだったようです」

クロヴァンが首を振って言葉を取りさげたので、気にしないことにする。

窓の外を見やれば、灰色の雲が急ぎ足で通り過ぎていく。

（視察の誘いはちょうどいい頃合で問題ないんだが……）

明日は一段と冷えそうだ、とレオニスはかすかに目を眇めた。

午前はまず新しい療養施設を訪問し、医師や患者たちと半時間ほど交流する。それから改築中の大聖堂に移動。工事の総責任者である建築家の案内で建物内を見てまわり、その後、司祭たちと会食。午後は有力貴族たちと共に劇場で今話題の歌劇を観る。

以上が、大まかな視察内容だ。

移動は馬車。王家の紋が刻まれた黒と金の豪奢な箱馬車は造りも立派で、舗装された道を軽やかに進む。それはおそらく最上級の乗り心地だっただろう。

そう。乗ってさえいれば。

「ん、これはうまい。おまえも食うか？」

「いえ。美味なのは知っています。先に私が毒味したのを見てらしたでしょう」

塩胡椒のきいた豚肉の串焼きを差し出され、ラティカは手をあげて固辞する。

「ああ。一瞬うまそうに目を輝かせていたから、もっと欲しいのかと思ったんだ。クロヴァンにも買っておいてやるかな」

呟いてまた串焼きにかぶりつくのは、目立つ朱金の髪をフードで覆い、旅装に身を包んだレオニスだ。ラティカは今、旅人に扮したレオニスと城下の露店街を並んで歩いていた。二、三歩離れた後ろからは、影のように静かな歩調で『番人』ミリアもついてきている。ミリアはそっと眉をひそめた。

「レオニス様、これはいったいどういった意図でしょう」

「民と同じものを見て、聞いて、食ってまわる。これも視察に決まっています」

「……たとえご身分が周囲に知られなくても、王子としてあるまじき行動をなさった場合は、私の口から他の『番人』たちに報告いたします。覚えておいてください」

白と灰色の衣装を茶色の外套ですっぽり覆ったミリアは、抑えた声で釘を刺す。

あいかわらず表情はなく、口調も厳しいが、現時点で『王子としてあるまじき行動』と判断せずにいてくれるのは非常にありがたい。

（なぜこんなことに……）

同じく旅装用の外套を羽織ったラティカは深々とため息をついたが、一応の経緯は理解していた。視察に赴くにあたって、毎日のように危険物を部屋に仕掛けられ、剣術競技会でも剣に細工をされ、いつまた狙われるとも知れないレオニスを、そのままいかにも狙われやすい王家の馬車に乗せるのはためらわれる――と、ラティカ自身がレオニスとクロヴァンに進言したのがきっかけである。

　進言は聞き入れられ、王家の馬車には影武者を乗せてそれらしく護衛でまわりを固めることになった。そしてレオニスには王宮を出入りする商人から借りた目立たない箱馬車に乗ってもらい、ラティカとミリアが同乗することにしたのだ。

　そこまではよかった。レオニスから「明日はこれを着て出ろ」と旅装用の外套を渡された時も、馬車の窓から姿を見られた時に人目を引かないように、という配慮なのだろうと疑いもしなかった。

　しかしいざ出発して城下の街並みが見えてくると、レオニスはラティカの制止も聞かずに馬車をおり、街の中をぶらつき始めたのだ。買い食い用の小金まで用意している周到さには、もはや呆れるしかない。

　ため息を繰り返すラティカの額を、レオニスがこつりと軽く叩いた。

「そう心配せずとも、時間までには療養所に着くようにする。門の近くに正規の馬車と替えの服を用意してある」

「……本当ですか？」

「もちろんだ」

「歩いている間は、私のそばから離れないでくださいね」

「わかった、わかった」

ぽんぽんと調子よくラティカの頭を撫でたレオニスは、言ったそばからもう別の方向に足を向けている。その背を見つめながら、ラティカはつくづく不思議に思った。

（普段のぐうたらぶりと、昨日や今日の行動力の差はなんなのだろう。もしや、余興や遊び事にはやる気が出る質だとか？　いや、それなら日頃からもっと出歩くか）

護衛としてそばにいる以上は、レオニスのことをよく知るべきだと思うのだが、共にいればいるほど彼のことがわからなくなっていく気がする。

とにかく殿下から離れないようにしなければ、と切り替えて、ラティカはレオニスを追いかけた。

城下で最も大きな通りにある露店街は、溢れんばかりの人でごった返していた。

広い道の両端と中央に、天幕を張った店々がところ狭しと立ち並んでいる。

籠に山と盛られた量り売りのハーブ。紐で縛られ吊るされた燻製の肉。小瓶に詰められた香辛料。瑞々しい野菜や、遠く南国の果物まである。

人が行列を作っている店をのぞいてみると、ふんわりと湯気が漂ってきた。

肉と野菜をとろとろに煮込んだスープらしい。鍋からはいかにもおいしそうな、ぐつぐつと煮立つ音が聞こえてくる。今朝は庭土に霜がおりていたほど空気が冷たいので、体を内からあたためたい人が多いのだろう。

そう思いつつ、列の横を通り過ぎようとしたときだった。

ラティカたちのすぐ近くで、大きな籠を背負った行商の男が、スープを買い終えたばかりの若者の肩にどんっとぶつかった。

「──っ！」

直後、ばしゃりと水音がして、ミリアが声にならない悲鳴をあげる。若者の手から椀が落ち、手袋をしたミリアの手に熱いスープがかかってしまったのだ。

「ミリア殿！」

顔を歪めるミリアの手から、ラティカはすばやく手袋を取り去った。すぐに冷やさなければと顔をあげたところで、レオニスが隣の花屋から水の入った桶を借りて持ってくる。手袋の下につけていた指輪を外そうとするミリアの手首をとって、ラティカはそのまま一緒に手を桶に突っ込んだ。おかげで大事にはいたらなかったようだ。しばらくして落ち着くと、行商の男が両手を合わせて謝ってきた。

「すまねえ！　俺の不注意で……！」

「大丈夫です。熱かったのはほんの一瞬でしたから」

ミリアは微笑んで首を振るが、布で水を拭う手を見せようとしないのが気になる。

「お手を見せてください。今はたいしたことなくても、後から痛むかもしれません」

「その籠の売り物は薬草か？　火傷に効くものはあるか？」

　ミリアの手をのぞきこむラティカの横で、レオニスが行商の男に尋ねる。男は「あります！」と急いで頷き、レオニスが金を払おうとするのを断って薬草を取り出した。うっすらと赤くなっているミリアの手の甲に、ラティカが薬草を貼って布で巻く間、気が済まないらしい男はお詫びだと言って何種類もの薬草を籠から出してはレオニスに渡した。手当てが終わり、頭をさげながら去っていく男をかえって申し訳なさそうに見送って、ミリアが振り返る。

「お騒がせしてしまい、すみませんでした」

「ミリア殿が謝ることではありません。本当に大丈夫ですか？」

「ええ、平気です。それよりそろそろ、療養所に向かったほうがよいのでは？」

　気遣わせまいとしてだろう。ミリアは話を変えてうながしたが、たしかにそろそろ頃合だ。ラティカは「そうですね」と頷いて主を急かそうと隣を振り仰いだ。するとレオニスは、行商の男から渡された薬草の袋を、眉間に皺を寄せて凝視している。

「どうなさったんですか？　殿――レオニス様？」

　身分を知られないよう声をひそめて尋ねると、レオニスは顔をあげ、織物や乾物、野菜や果物、周囲の露店の品々に目を走らせながら呟いた。

「どの店も品揃えが豊富だな。店だけでなく、さっきのような行商人もだ」

まるでそれが問題であるかのような言い方が引っかかったが、ラティカは自分の正直な感想を告げる。

「はい。街に活気があっていいと思います」

「真新しい品も多い。貰った薬草も、このあたりには自生していない植物だ」

ラティカの言葉を聞くと、レオニスは顎の下に手をやって黙り込んだ。

「言われてみれば、去年父とここを訪れた時にはなかった物が多く見受けられます」

何か気にかかることでもあるのだろうか。

ラティカは首を傾げて主を仰ぎ見たが、そのとき時計塔が視界に入り、思っていたより時間が進んでいることを知る。一件目の視察の時間まであと半時だ。

「急ぎましょう、レオニス様」

歩調の遅い主の腕を引っ張って急かし、ラティカたちは賑やかな通りを後にした。

ラティカの心配をよそに、視察は思いのほか順調に進んだ。

訪れる施設はどこもウィルフレッドが多額の寄付を施しているようで、会話の主導権はおおむねウィルフレッドにあったが、責任者たちはレオニスに対しても同じくらい敬意を示し、深い感謝の言葉を述べた。

実はレオニスは、各地の療養所に医療器具が行き渡るよう手配したり、大聖堂の改築のような大きな事業の際には優秀な人材を見つけて口を利くなどして、大きく貢献していたのだ。

王子の正装に着替えたレオニスは、ただゆっくりと歩くだけで普段の数倍は見栄えがする。口数は少なくても、いやむしろ言葉少なだからこそ、やんごとない雰囲気を醸し出していた。

背後からレオニスを見守りながら、ラティカはうっすらと笑む。

(これで『番人』の心証も、だいぶ良くなるはず)

大聖堂の敷地内。アーチ状の天井が高い、白壁の眩しい部屋で、司祭たちとの会食が行われているところである。王子二人と司祭長、『番人』たちは食後のお茶を飲みながら話を弾ませていた。

「私はこれからのランバート王宮では、『番人』の皆様方も必要な権限は持ってしかるべきだと考えています」

「おお、何をおっしゃいますウィルフレッド殿下。そのようなこと、恐れ多い」

「十代の頃から先王に意見を求められ助言されてきたミリア殿のように、『番人』の方々は皆博識でいらっしゃる。古いしきたりのせいで埋もれさせるのは惜しい」

ウィルフレッドはにこやかな笑顔で『番人』たちを持ちあげ、兄に意見を訊く。

「兄上は、この件についてどう思われますか？」

「──その話は、また後日に」

レオニスは振られた話を流し、カップを置いて席を立った。

「悪いが俺は、ここから別行動をとらせてもらう」

突然言い出した第一王子に、その場の全員が驚いて顔をあげる。ウィルフレッドも意表を突かれたようだったが、それでも笑みは絶やさずに、ゆっくりと首を傾けた。

「どういうことですか？　兄上」

「急用ができた」

端的に答えるレオニスに、ミリアが戸惑った様子で難色を示す。

「急用とは、どのようなご用件でしょう？　次の劇場ではエルヴェ公他、宮中でも主だった貴族方が待っておられますのに」

「ご公務を疎かにされているという噂は事実。そう判断してもよろしいですかな？」

『番人』の中で最も年長らしい白髪の男が、眼光鋭く問いかけた。他の『番人』たちも追従するかのようにざわめいたが、レオニスは笑顔一つで黙らせる。

「公務を軽んじているつもりはありません。劇場での歓談は、信頼する我が弟、ウィルフレッドに任せます」

己を売り込む好機と見たのだろう。ウィルフレッドがきらりと目を光らせる。

「わかりました。兄上はどうぞ、その用件のほうに行かれてください」

「ああ、頼んだ」

「道中、お気をつけて」

いかにも兄思いの優しい弟らしき言葉に頷き返すと、レオニスは後ろに控えていたラティカに「行くぞ」と声をかけて踵を返した。

長い脚ですたすたと廊下を進む主を、ラティカは小走りで追いかける。

「殿下？　いったいなぜ？　ここで退席しては、せっかくの今日の苦労が――」

レオニスは襟をくつろげながら言った。

「観劇に来る貴族たちの顔ぶれは、ナターシャの息がかかった第二王子派だ。行くほうがかえって印象を悪くさせられるかもな」

「それを避けるために、行くのをやめられたのですか？」

ラティカは問うたが、今度は返事を貰えなかった。裏門で待たせていた商人用の箱馬車へと向かうと、レオニスは御者にどこかしらの行き先を告げる。ラティカと二人乗り込んで出発するなり、上着を脱いで楽な旅装に戻り、「疲れた。寝る」とラティカの肩に寄りかかって寝息を立て始めた。こうなるともう文句も言えない。

ラティカは窓から外をうかがい、馬車の進む方向を確認する。

(王宮に戻っているのではない。目的があってどこかに向かってはいるのか……)

レオニスに命じられたのか、馬車は飛ぶように走り、森を一つと山を一つ越え、三時間ほど経ったところで目的地らしい場所にたどり着いた。

「ここは……？」

ざす、と草を踏んで馬車から降り立ったラティカの頬を、水気を含んだ底冷えのする風が撫でていく。

爪で掻いたような筋雲が浮かぶ空のもと、頂上だけ白く雪を被った山々が遠く連って見える。その山々が源流だろうか、目の前にはゆったりと流れる川があった。反対岸に立つ人がいれば、その顔が見えるかどうかというくらい幅広い川である。目の届く範囲に人の姿はなく、馬車が止まったのは枯れ草に覆われた土手の上だ。

「シエリー川」

隣に立ったレオニスが、水面を見おろしながら呟いた。

「二年半前の雨期に大きな洪水を起こした川だ。川沿いの町や村が軒下まで水に浸かって、その年の作物の大半が駄目になった。あそこに見える橋の向こうに、被害にあった集落の一つがある」

レオニスは指を差した方向に歩き出した。その背を追い、まだ新しそうな石橋を渡ると、ゆるやかな下り坂の先に三角屋根を乗せた民家がぽつぽつと建っているのが見えてくる。村と言うには大きく、町というには小さい集落だ。

ここにどんな用があって来たのだろう。

疑問に思ったラティカの気配を察してか、レオニスが続ける。

「洪水が起こるまで、この地方一帯で生産された作物は、毎年この時期王都に大量に出荷されていた。だが今日見た限りでは、今年はほとんど届いていない」

感情を抑えたような声を聞き、ラティカははっとする。露店街で売られている品々を見るレオニスの目がいつになく険しかったのは、それに気づいたからだったのか。

「作物を外に出荷できるほど立ち直ってはいない、ということですか?」

「以前と比べれば生産量は落ちているだろうが、原因はそれだけじゃない」

厳しい顔つきで答えたレオニスと並んで、集落の中に足を踏み入れた。

地面に落ちる影が、じわじわと伸びてくる時刻。舗装されていない土の路上には、まばらだが人の姿がある。一見したところ、食うに困っている、というほど貧しそうな者はない。しかし皆どこか足早で、活力に欠け、王都の城下街を見てきたばかりの身としてはひどく寂しい光景のように思えた。集落の中心部から遠ざかるほどに、壊れたまま放置されている家や小屋が目に入るようになる。土に塗れた家具や農具が、朽ちた流木らしきものと一緒に積まれているところも何か所かあった。

そうして一時間ほど歩いてまわり、もう少しで集落の入口に戻るという時、

「ちょいと、あんたたち」

二人を呼び止める声があがった。振り向けば、頭に頭巾、腰にエプロンを巻いた恰幅のいい女がずんずんと近寄ってくる。護衛服姿のラティカをじろりと睨むと、腰に手を当てて尋ねてきた。

「その制服……あんたたち、もしかして王都から来たお役人さんかい？」

「え――と、」

「そうですが、何か？」

返事に窮するラティカの前に出て、レオニスが平然と肯定し問い返す。

女はぶんっと後ろに手を振って言い放った。

「だったらお偉いさん方に伝えておくれ。大量に余ってる穀物や野菜たちを、あんた

らで買い取ってくれないかってね」

　農婦らしい女の、土のついた手の先には荷車がある。道端にとめられた荷車の上では、今にもこぼれそうなほどの芋で山ができていた。

「今すぐ人の生き死にがかかっている、というわけじゃない。だが、ここで見過ごせば数年後にはずっと深刻になる」

　帰りの馬車の中。壁に寄りかかって外の景色を眺めながら、レオニスは説明した。

　洪水が起きた当初は、シエリー川流域を立ち直らせることを最重要事として、宮中の者たちも力を注いでいた。王都から役人を派遣してつぶさに状況を把握し、壊れた建物を修復したり、新しく橋を作ったり、作物の収穫など見込めない厳しい状況に、税を減らすこともした。おかげで住人たちが貧窮して命を落とすことはなかったのだが、その間に変わってしまったことがあった。

「シエリー以西の農作物や交易品が途絶えている間に、王都には別の交易路から物が入るようになった。それ自体は仕方ないことで、悪いことでもない。だが、あの集落のようにせっかくの作物に買い手がつかない、という問題が出てきてしまった。俺が確認した報告書でも、その件については触れられていない。それも問題だな」

国は今も税をさげているが、それできっちり税が納められているのが逆に『問題なし』と取られてしまったようだ。集落では宿屋に入って宿帳も見せてもらったが、客が入っていない日のほうが多かった。このままだと地方一帯がどんどん寂れていくだろう。

馬車は山道に入り、集落も川の景色も、針葉樹の緑の向こうへと消えてしまった。それでも窓の外に目を向けるレオニスは、大事なことを見逃したくないと思っているかのように見える。その横顔は真剣で、しっかりと地に足がついたような声は、胸の奥に染み入るようによく響く。

あのあとレオニスは、必ず伝える、と農婦に約束していた。

（この人は、ちゃんと考えている。自分の国を見て、良い方向に導きたいと考えて、動いている）

ラティカの唇が、ふわりと綻ぶ。強い風が冷たい音を立てて、時おり車体に吹きつけるが、胸の内はほっこりとあたたかい。

（きっと何か、理由があるのだろう）

何故かはわからない。だが、日頃彼が怠惰に振る舞っているのは、おそらくそうするだけの理由がある。ラティカは思った。今ならはっきりと信じられる。

この人は本当は、とても真摯な人だ。

「……よかった」

思わず漏れた言葉を、隣に座るレオニスの耳が拾った。

「何がだ？」

身体を壁から離してこちらを向いたレオニスを、ラティカは真っ直ぐ見つめ返す。

「仕事を引き受けた以上、私はどんな主だろうと精一杯尽くします。ですが、見所ある主だともっと嬉しいです」

冗談めかして言ってから、春の陽だまりで咲きこぼれる花のように柔らかく笑う。

「貴方が信頼できる方だとわかって、よかった」

ごく自然に、心から告げると、レオニスは不意打ちを喰らったように肩を揺らし、目を見開いて静止した。しばらくの間、車輪が忙しくまわる音だけが流れて、

「……何を、急に」

やがて面映そうに視線を逸らす。

そのまま言葉に困ったように口を閉ざした主を、ラティカは意外な思いで見た。

空や雲、木立を赤く染めている夕陽は馬車の内にも差し込み、レオニスの輪郭を縁取るように注いでいたが、そうでなくても彼の頬は赤みが差している気がする。

もしかして、照れているのだろうか。いつも余裕があって、こちらをからかってばかりの彼も、照れるということがあるのだろうか。

（だとしたら、なんだか可愛らしいな）

くすりと笑ったラティカは、少し意地悪な気分になる。

ひょいと上半身を傾けて、逸らされた視線の前にまわりこんだ。

「喜ばれないのですか？　レオニス殿下」

「喜ぶって、何を」

照れ隠しなのか、憮然として問い返す主に、にっこりと微笑んでやる。

「私に好ましく思われたかったのでしょう？」

まじまじとのぞきこむと、レオニスは面食らったように瞬きしてから、

「おまえな……」

目を半分ほど伏せて、はあっと息を吐く。ラティカはしまったと思った。

新鮮な反応が楽しくて、少し調子に乗ってしまったかもしれない。後悔した時にはもう、危険なほど艶めいた光を目に灯したレオニスに、手首をとられている。

ぐっと引き寄せられ、耳元で呼気を吹き込まれるように囁かれる。

「そんな顔でそういうことを言うと――」

そのとき、びしりと激しく馬を鞭打つ音がして、馬車の速度がぐんとあがった。石でも踏んだのか車体が大きく跳ね、ラティカとレオニスは壁に体をぶつける。

「御者殿っ？　何かあったのか？」

御者に尋ねようと前方の小窓を開いたラティカは、そこでぞっと身を凍らせた。

（御者がいない――？）

刹那、鋭い殺気を感知して、ラティカはレオニスに手を伸ばした。

「――殿下っ！」

頭を抱えて体を伏せた直後、窓を突き破って鋭利な刃物が差し込まれる。

硝子片が散る中、二人の背中のすぐ上の空間を長剣の刃が切り裂いていく。

（屋根の上に敵がいる！）

手ごたえがないと見るや引っ込んだ長剣を目の端に捉え、ラティカは袖口に手を入れた。主から身を離し、破られた窓とは反対側の扉を開く。

「ラティカ!?」

「殿下はこのままここで伏せていてください！」

外づけのステップに足をかけて半身を出すと同時、指に挟んだ鉄針を上に投じて牽制し、跳躍して屋根に飛びあがった。

「――――！」

思った通り屋根上にいた敵を確認し、ラティカは目を瞠る。鉄針を剣で弾いたその男は、ついさっきまで手綱を操っていた御者だ。

（敵の手の者だったのか……！）

ちっと舌打ちした敵が、長剣で襲いかかってくる。上下に激しく揺れる馬車の上、抜き放った愛剣で応戦しながら、ラティカは忙しく思考を回転させた。

（捕まえて雇い主を吐かせたい。気絶させずに捕らえれば、言う事を聞かせてこの馬車を落ち着かせることもできるか？）

と、剣を合わせる男の目が横に動いて、ラティカはぎょっとする。

「殿下!?」

敵の視線の先には、扉から出て車体の側面を伝ったらしい、手綱を握ろうと御者台にあがるレオニスの姿があった。

「馬車が道を逸れている！　このまま行けば、この先は谷だ！」

声を張りあげるレオニスの肩に、そのとき黒い影が落ちる。

おそらく車体の後ろにでも隠れていたのだろう。もう一人、黒ずくめの男がそこにいた。男はにたりと口を歪めると、レオニスに向かって短剣を振りかぶる――！

「――っ！」

ラティカは奥歯を噛みしめ、斬り結んでいた男の腹に蹴りを入れた。

男の体が宙に飛んで茂みの中へと落ちていくのには目もくれず、己の剣――破魔の剣をレオニスを襲わんとする敵に向かって投げ放つ。

常人には目で追うこともできない矢のような一投。だが角度的に狙える場所が狭く、剣は敵の肩を浅く切り裂いて、通り過ぎる樹木の根元に突き刺さった。しかし、

「ぐっ⁉」

そこでできた隙をついて、レオニスが男のみぞおちに肘鉄を食らわせる。

男は短く呻き、意識を手放して御者台にぐったりと倒れこんだ。

「ご無事ですか⁉　殿下！」

「ああ。おまえのほうこそ怪我はないか？」

急いで御者台に飛び降りたラティカに、レオニスが気遣わしげに目を細める。

無論です、と即答しようとしたそのとき、ふいに視界が開けた。

谷だ。濃い緑の樹木が途切れ、遠く向こう側には岩肌が剝き出しの崖が見える。

おそらくこちら側も同じような崖――

「――！」

浮遊感に襲われる寸前、ラティカはレオニスに体当たりするように抱きついた。

崖の縁ぎりぎりのところで、かろうじて馬車から飛び降りる。

ほぼ同時に、がんっと車輪が木の根に乗りあげ、車体が宙へと勢いよく飛び出した。

そのまま馬車は、黒ずくめの男ごと真っ逆さまに崖下に吸い込まれていく。二人の体は低木の茂みに受け止められ、その数拍後、はるか下方から凄まじい衝突音が耳に届いた。ややあって残響が治まり、そこで、山の稜線が陽の光の最後の一筋を吸い込む。

「……レオニス殿下、このあたりの地理はわかりますか？　近くに町や村は」

あがった息が整うのも待たず、服についた草を払ってラティカは腰をあげた。

今までの会話から周辺の地理を把握していそうな主に手を差し伸べ問うと、

「ないな。歩いていくとしたら、五、六時間はかかる」

レオニスはその手を握って身を起こし、首を横に振る。ラティカは即断した。

「では仕方ありません。今夜は野宿しましょう」

見あげれば、生い茂る枝葉の隙間からのぞく空は、まだ明るい朱に彩られている。

けれども急がなければ、あっという間に夜の帳が視界を閉ざすだろう。ここは街道からそう外れてはいないだろうが、都合よくすぐに人や馬車が通りかかるとは思えない。目立つ場所でぼんやり待つ危険を思えば、落ち着くまでは身を隠したほうがいい。

「まずは野営に適した場所を探します。できればあたたかさの残る南側がいい」

「南というと、あっちだな」

レオニスの飲み込みも早かった。空を見あげてその色で方角を判断し、指を差す。

はい、と主に頷き返してから、ラティカは反対側の木立をちらりと振り返った。

敵に投げて手放したままの、破魔の剣が気にかかる。取りに戻りたかったが、襲われた場所にすぐ戻るのはやめたほうがいい。レオニスを連れていくことも危険だし、置いていくことも心配でできない。

ラティカは迷いを振り払うように首を戻し、背後から視線を引き剝がす。先を行き始めた主の前に立つと、垂れかかる枝や蔓草を払いながら、落ち葉に埋もれた土の上を足早に進んだ。


レオニスの護衛は、思っていた以上に万能だった。

崖から離れて短い斜面をくだり、山の南側——背の高い針葉樹が林立しているところに出ると、ラティカは首をめぐらせて野宿にふさわしい場所を探し始めた。

「今夜一晩限りなので、洞穴でもあれば楽なのですが」

木の根や草に足をとられることなくきびきびと動く様は、「野宿したことがある」などという程度じゃない。明らかに野宿に慣れきっている。

（これまでの会話を思い返してみるに、おそらく『これも修行だ』とか言って、頻繁に生き生きと望んで野宿してきたんだろうな……）

呆れを通り越して尊敬すら覚えるレオニスの目が、大きく窪んだ土壁を捉える。

「洞穴、というには浅すぎるものなら、そこにあるぞ」

一応指差して報告すると、ラティカは窪みとその周囲を確認してから、ぱっと顔を輝かせた。

「ああ、これは使えそうです。いい場所を見つけてくださいました」

窪みは大人が三人横に並び、膝を抱えて座ればぎりぎり足が出ないほどの、穴とも呼べないようなものだ。高さも中腰で立てる程度。しかしその前には、葉の茂った針葉樹の枝が、庇のように低く腕を伸ばしていた。そして窪みの斜め前、左右に二本、低い位置で枝分かれしている木もあって、ラティカはそれが風雨除けに使えるという。

短剣で切り落とした竿状の枝を、二本の木を繋ぐように幹に横渡しする。そこに、集めてきた長い枝を隙間なく立てかけて葉を被せ、斜めに厚い壁を作る。庇の枝葉も同様に覆って、立派な屋根にしてしまう。みるみるうちにできあがる手際の良さに舌を巻くうち、壁の内側に石を並べて台を拵え、焚き火まで熾こしてしまった。

「……俺は、何をすればいい？」

呆気にとられつつ尋ねると、焚き火に使う枯れ木を抱えてきたラティカが驚いたように目を丸くした。それから、くすぐったそうな笑みを浮かべる。

「殿下がご自分から労働を申し出られるなんて、昨日までは思いもしませんでした」

「――っ」

レオニスは怯んだように息を詰まらせた。

先ほどはじめて向けられたのと同じ、花が綻ぶような笑顔。

凛々しい雰囲気が愛らしくとろけ、ひっそりと可憐で、ずっと見ていたい誘惑にかられるが、同時に苦手だとも思う。妙に居心地が悪くて、調子が狂ってしまうからだ。

昨日まではというのなら、今日は違うのか、と訊きそうになる口を引き結ぶ。尋ねたらなんとなく、まずい気がした。

そんなこちらの動揺には気づかず、ラティカは薪をおろしてきぱきと指示する。

「それでは殿下は、トウヒの枝をここに敷き詰めてください。このあたりの針葉樹がトウヒの樹です。厚みは、そうですね……拳の高さぐらいあれば、断熱だけじゃなく座るにもちょうどいい弾力になるでしょう」

これをお使いください、と短剣を渡される。

「ああ、そうだ。動いて体があたたまってきたら、上着を脱いで作業してくださいね。下手に汗をかいてしまうと、後で一気に体温を奪われてしまいますから」

「……わかった」

頷くと、ラティカはまた何かを求めてすたすたとどこかへ向かった。

揺れる黒髪を見つめながら、レオニスは胸が焼けつくような感覚を覚える。

純粋で生真面目で真っ直ぐで、献身的なまでに一生懸命。

常にこちらを気遣って動き、少しも休もうとしない。

職務に忠実すぎて、敵に対してまったく臆せず飛び出していくので、さっきは肝が冷えた。実力は充分知ってるが、何かの拍子に隙をつかれることだってあるのだ。

目が離せない――と思っていたところに、あの無防備な笑顔。

自分の夢を叶えるために受けた仕事上の主相手に、あれはやめてほしい。

「本当に、調子が狂う……」

レオニスは無意識にくしゃりと髪をかきあげる。体を動かす前からすでに身の内に溜まっている熱を逃がすように、ふうっと息を吐き出した。

寝床を確保したら、次は食糧だ。

レオニスの気配を感じられる範囲で周辺を探索したラティカは、いくつか食べられる物を見繕い、星が瞬き始める頃に野宿場所に戻った。

「食事にしましょう、殿下」

外套の裾を切り裂いて作った袋の中を見せると、敷き終えたトウヒに座して焚き火の様子を見ていたレオニスが目を丸くする。

「魚……この短い時間で獲ってきたのか？」

「少し下に小川がありました。手持ちの暗器に釣り針状のものがあるので、手近にある素材と組み合わせれば釣りもできます」

ラティカは得意気に笑って胸を張った。

魚は手のひらを広げたほどの大きさしかないが、一人三匹あれば上出来だろう。甘酸っぱいベリーを摘めたのも幸運だ。しかし逆に、このあたりにいそうなのに捕まえられなかったものもある。ラティカは少しだけ肩を落とした。

「申し訳ございません、殿下。蛇も探したのですが、残念ながら見つかりませんでした。このあたりの蛇なら、まだ冬眠前だとは思うのですが……」

「残念ながら？」

何に使うんだ？　と怪訝そうに眉を寄せる主に、ぴんと指を立てて答える。

「美味しくて栄養にもなるので、ぜひ殿下に召しあがっていただこうかと」

「見つからなくてよかった」

レオニスは早口に言った。引きつった顔を見るところ、どうやらたとえ捕まえてきても口にする気はなさそうだ。

（いつぞや殿下が口にされた呪い林檎のほうが、蛇よりよほど勇気がいると思うのだが……）

胸中で呟きつつも気を取り直して、ラティカは腰にさげていた革の水筒を手に取った。集落を歩いた時に喉が渇いて入手したものだ。身につけておいてよかった。

「水も汲んできたので、あたためて飲みましょう」

「あたためるって、何に入れてだ……？」

火にかけるための道具がないだろう、と首を傾げる主に薄く笑ってから、ラティカは懐に手を差し入れる。そうして服の内から、ずるりと鉄板を引っ張り出した。

「!?」

「少々うるさいですが、気にしないでください」

ぎょっと目を剥くレオニスに一言告げて、鉄板に両手の指をかける。

力を入れると、鉄板がべこんっと音を立てて変形した。

「おいおい……」

ひくりと頬を動かす主の前で、べこべこばきっと鉄板は姿を変え、最終的には鍋の形状になる。胡坐をかいて頬杖をついたレオニスが、胡乱なものを見る目で尋ねた。

「いつも携帯しているのか？　それ」

「はい。防具にもなって大変便利です」

折りたたみ式で持ち運びは簡単。暗器と一緒で文字通り肌身離さずの愛用品だ。

「………どうりで、硬いわけだ」

膝枕の時を思い出したらしい。げんなりと呟くレオニスに、

「お手すきなら、食事に使うための器を作ってみられませんか？」

木片とナイフを差し出すと、何かをあきらめたかのような顔をしながらも素直に受け取った。簡単に作り方を説明すると、真面目に聞いて、おとなしくしょりしょりと器を彫り始める。ラティカの唇から、くすりと笑みがこぼれた。

いつもこちらが振り回されてばかりなので、これはちょっと気分がいい。

こんな時に不謹慎だが、これまで見られなかったレオニスを見るのは、新鮮で楽しいと思う。このままもう二、三日ぐらい野宿を続けてもいいような気さえする。

不格好な器に入れた、調味料なしで味気ないはずの夕食は、思いのほかおいしく感じられてあっという間に食べ終えてしまった。後はなるべくあたたかくして、火を絶やさないように気をつけながら夜をやり過ごすだけだ。レオニスにはしっかり休んでもらいたいので、早いうちに用を済ませなければならない。

「少し出かけてきます」

断りを入れて腰を浮かせたラティカに、レオニスが眉をあげた。

「どこに行くつもりだ？」

「愛剣を取りに行ってきます」

ラティカは敷き物に座り直して告げる。

置き去りにしている破魔の剣が、どうしても気になっていた。

なぜだろうか。早く取りに来い、と呼ばれているような気がするのだ。

話を聞いたレオニスは、何か迷うような表情でしばし考え、首を振った。

「駄目だ。明日にしろ」

「なぜですか？」

ぱちりと瞬きして問うと、レオニスは腕を組んで背後の土壁にもたれる。

「疲れた。俺はもう、今日は動きたくない」

「私は一人で行くと言っているのですが」

言いながら、ラティカは眉をひそめた。昨日までの印象なら、それはいかにも彼らしい台詞だ。しかし、真摯な一面を知った今は違和感を覚える。

ラティカの疑問を掻き消すように、レオニスが語調を強くする。

「この状況で一人になるのは危険だ」

「剣の場所はだいたい把握しているので、すぐに戻ります。いざという時のために、殿下には短剣他各種暗器を残していきますから」

一度暗殺に失敗した敵が、負傷した状態で行き当たりばったりに今から襲ってくる可能性は低いが、殿下の不安を和らげるためと万一の対策に置いていこう。自分の持つ武器のほとんどを主の膝元に並べると、レオニスは怒ったように眉をつりあげた。

「俺のことじゃない。暗い中、山道を一人で出歩くのは危険だと言っている」

どうやら自分の身を案じてくれているらしい。ここ数年、この手の心配をされたことがなかったラティカはきょとんとした。しかし気持ちは嬉しいが、夜道の一人歩きぐらいさらりとこなせなければ、自分がここにいる意味はないようなものだ。

「私のことなら、なおのこと心配いりません。夜目も利きますし」

「夜目が利こうが、対処できないことはいくらでもあるだろう」

「たとえば、どんなことですか?」

「狼やら熊やらが出たらどうする」

「よい修行だと思って歓迎します」

「――……」

レオニスが絶句したのを見計らって、ラティカは今度こそ腰をあげる。

「それでは、行ってまいります」

「! だから、行くなと言っている!」

焚き火が土壁に映す影が、大きく揺らいだ。

レオニスの手がラティカの手首を捕らえて引き戻す。

「それでおまえに何かあったら俺は――」

ぱちんと薪から火の粉が散り、レオニスが動きを止めた。

片膝をついたラティカと、胡坐をかいた状態から身を乗り出すレオニス。

顔を見合わせた二人の間に、奇妙な空気が流れる。

「……殿下は、なんだと言うのですか?」

ややあってラティカがぽつりと尋ねると、

「……いや、それはもちろん、困るだろう」

レオニスもとつとつと返した。

なにやら気まずそうな表情だが、つまりは自分を頼りにしているということだ。

「それは……信頼いただき、嬉しい限りです」

自分でも意味不明な狼狽をもてあましつつ、ラティカはぺこりと頭をさげた。

摑まれたままの手から熱が伝わるせいだろうか。

それ以上なんと言うべきか、うまく頭がまわらない。

勢いを失ったところで、レオニスがもう一度、噛んで含めるように繰り返す。

「とにかく、行くことは許さない。命令だと思え」

「……わかりました」

主の命とあらば仕方ない。ラティカは引かれるまま、隣にぺたんと座った。

曲げた膝の横、敷き物に置いた己の手に目を落とすと、視線に気づいたレオニスがようやくそろそろと手を放す。そこでラティカは「あ」と気づいた。

何か勝手が違うと思ったら、殿下の態度が普段とまるきり逆なのだ。

いつも無遠慮に触れて放そうとしない手が、今夜はよそよそしく離れていく。

小さな窪みの中で肩を並べながら、その間には手のひら二つ分の距離がある。

夜気が冷たいからくっついたほうがいいとか、絶好の口実を使うこともない。

昨日と今日で、何が変わってこの違いなのだろう。

（……やっぱり、よくわからない……）

ラティカは膝を抱えて困惑した。今日一日でレオニスのことをだいぶ理解したと思ったのに、結局はこうして思い知らされる。小さく息をついて横に視線を流すと、火に薪をくべるレオニスと目が合った。が、無言でそれとなく逸らされる。会話は途切れたまま、風にざわめく樹々と虫の声、炎を揺らす焚き火の音が宵闇を支配する。

寄り添わずにできた空間に、かえって互いの体温を意識しながら、その夜はじりじりと更けていった。


「晴れてよかった……」

翌朝。誰がどう見ても文句のつけようがないほど完璧に夜が明けてから寝床を出たラティカは、うっすらと漂う朝靄の向こう、樹木の根元に突き立つ愛剣を見つけ、ほっと胸を撫でおろした。

木漏れ日を浴びていっそうきらきらと輝く白銀の剣は、遠目にもすぐにわかった。

一晩寂しい思いをさせたことを詫びて木の根から引き抜き、無事鞘に戻す。

「さて、どうするか……」

最優先事項をあっさり終えて、ラティカは唇に指を当てた。

レオニスはおそらくまだ夢の中だ。出しなに見た彼は、立てた膝に腕をのせて顔を伏せ、窪みの縁に体を預けるようにして眠っていた。顔は見えなかったが、物音を立ててもぴくりともしなかったところからして、もうしばらくは起きないだろう。

それならすべきことは、と考える間に震えが来て、ラティカは己の身を抱きしめる。

緑の匂いを含んだ清涼な空気は、睡眠をとっていない頭をすっきりさせるにはいいが、少し歩いた程度では体があたたまらないほどしんしんと冷たい。

（動く前に、熱源になるものを体に入れてさしあげよう）

決めるや否や、食糧調達を開始した。

明るい視界の中では、昨夕気づかなかった木の実や野草がちらほら見受けられる。

それらを黙々と摘み取ってまわり、半時間ほど経っただろうか。

静寂を破る騒音が、朝靄の奥から近づいてきた。

馬の蹄と車輪の音。馬車だ！

ラティカは飛ぶように走って山道に出ると、簡素な造りの箱馬車を呼び止めた。

王都まで手紙や小包みを運ぶという男と交渉して、同乗させてもらうことにする。

その場で待っていてもらうよう男に頼み、急いで引き返すと、

「殿下、街道を通る馬車をつかまえました！　これで王都に帰れます――」

枝葉製の壁を壊さんばかりの勢いで野宿場所の窪みに飛び込んだ。しかし、

「……殿下？」

主はまったく反応しない。案外寝起きは悪くないことを知っているラティカは、そこではじめて不審に思い、肩に手をかけて揺さぶった。

「――殿下。殿下？　起きてください、レオニス殿下っ」

悪い予感を胸によぎらせながら力を強めると、レオニスの体がぐらりと傾ぐ。倒れかかってきた頭を肩口で受け止めた瞬間、ラティカの肌がぞっと粟立った。

（熱い――！）

手に触れたレオニスの額は、人の体温とは思えないほど熱かった。

頬や首に髪が張りつくほど汗をかいているのに、熱が引く気配がない。

体はぐったりと力なく、胸は浅く速く上下し、顔は苦しげに歪んでいる。

見たところ外傷はないから、離れている間に何者かに襲われたとかではなく、彼自身の体調によるものだと思うが――

（何？　なぜ突然こんなに――さっきまではなんとも――いや、違う）

熟睡(じゅくすい)していると思っていた時から、きっとすでに具合が悪かったのだ。

（これほどそばにいて気づかないとは……っ！）

己のふがいなさに激しい怒(いか)りと後悔(こうかい)を覚え、それを上回る強い焦燥(しょうそう)感が襲う。

自分と試合ったニーダの若者などで、怪我人(けがにん)の手当てなら慣れている。けれどもまわりは皆丈夫な者ばかりだったから、病人の世話となるとからきしだ。ラティカ自身も風邪(かぜ)一つ引いたことがない。どれほどひどいのか、どれだけ苦しいのかさえ想像もつかない。

（どうしよう。どうすればいいか、全然わからない――！）

レオニスの胸元で、襟(えり)からこぼれ落ちたらしい銀の首飾りが、力なく揺れている。

主の頭を抱えたまま、ラティカはなすすべもなくおろおろする。

「せめて横になったほうが――ああでも、そうするとより寒いのか？　馬車のところに戻って助けを――だけど一人にするのは――」

周囲には熱冷ましの効果を持つ薬草ぐらいあるかもしれないが、それもわからない。

傷に効く薬草ならいくらでも摘んでこられるのに……！

くしゃりと泣きそうに顔を歪めるラティカの頭を、

「……落ち着け」

大きな熱い手がふわりと抱きしめた。

「殿下っ?」

はっと顔をあげたラティカに、薄く目を開けたレオニスが掠(かす)れる声で言う。

「……これは、病(やまい)じゃない」

「――? ではもしや、昨日襲われた時にどこかお怪我を!?」

見えないところに傷でも受けていたのだろうか。確認しようと衣服に手をかけるのを、違う、と辛(つら)そうな呼吸の間に制される。

「怪我でも、ない……」

「ではいったいなぜ、これほど熱が……!?」

「平熱より、少し高いだけだ。心配ないから……しばらくこのままでいてくれるか」

唇の端をあげて笑みの形を作り、レオニスが言った。

背にまわされた腕に、力がこめられる。その触れ方に浮(うわ)ついたものはなく、まるでやっと見つけた篝火(かがりび)に凍(こご)える身を寄せるかのような切実さを感じる。

ラティカはゆるゆると目を見開いた。腰のあたりが熱い気がして視線を落とせば、目に入るのは百合(ゆり)の模様が刻まれた柄(つか)。破魔の剣が、うっすらと光を帯びている。

呼ばれている気がする、と、昨夜思ったのは……

「――レオニス、殿下」

息を吸いながら、ゆっくりと主に首を向ける。

どうしてあんなにも強いのに、普段は寝てばかりなのか。

なぜ本当は真摯(しんし)なのに、表に出る公務をさぼってばかりなのか。

ラティカの中で、これまで彼に抱(いだ)いてきた疑問が集まって、一つの形をとる。

「もしかして貴方(あなた)は、呪(のろ)いを……？」

呪いを、受けているのか。

ラティカの肩に頭をのせ、睫毛(まつげ)を伏せたレオニスは、黙(もく)したまま返さない。

しかしそれは、肯定(こうてい)したも同然だった。

その刃(やいば)で断ち切れば、邪(よこしま)なものを滅(めっ)することができる破魔の剣。

剣の持ち主は、触れることで呪いの力を緩和(かんわ)することができる。

肩にのせられたレオニスの頭に、ラティカがそっと手を置いてからしばらく。レオニスがなんとか歩けるまでに回復したので、待たせていた馬車で急ぎ王宮に戻った。

レオニスの指示でラティカから知らせを受けたクロヴァンが、人に見られず部屋に戻れるよう手引きしてくれる。

「これまでほとんど寝て過ごされていたのに、ここ数日急に動く時間を増やされたからでしょう。体に無理をさせていたところに、破魔の剣の効力が届かなくなって、体力が底をついたのだと思われます」

正午を少しまわった時刻の、第一王子の寝室である。

ラティカから経緯を聞いたクロヴァンは、そう言って深く重いため息をついた。

レオニスは寝台で眠っている。呼吸はまだ浅いが、顔つきは幾分柔らかくなった。

「いったい、いつから……？」

枕元で椅子にかけ、レオニスの手に自分の手を重ねながらラティカが問うと、後ろに立つクロヴァンは、眉間に深い皺を刻んで話し始めた。

「一年前、殿下の父君である先王陛下と、母君である第一王妃リリー様が流行り病で亡くなられた後にございます。ある日突然殿下が胸を押さえて倒れられて、確かめたところ、心の臓あたりに忌まわしい赤い模様――呪術文字が浮いていたのです」

すぐさま呪術師を呼び調べさせたところ、それは毒のように全身を蝕み、体力を奪い、高熱で苦しめてから命を奪うという死の呪いだった。レオニスが死なずに済んだのは、母妃がかつて誕生の祝いにくれた護宝具を、形見として身につけていたからだ。

呼んだ術師に呪いを解くことはできなかった。クロヴァンはもっと力のある呪術師を国内外から秘密裏に呼び寄せ、解呪させようと努めたが、よほどに強力な呪いらしくすべて徒労に終わった。せめて少しでも苦痛をとりのぞければと集めた護宝具のおかげで、今すぐ命を落とすという深刻な状態は脱することができた。胸に刻まれた呪術文字も、レオニスが小康を保っている間はなりを潜めてほとんど目に見えない。けれども常に体に負荷がかかっていることには変わりなく、少しの運動、少しの疲労で、呪いの力は波のように押し寄せレオニスを苛む。

「王位継承者の選定を控えている時期に、呪われた身であることを知られては、誰にどう利用されるかわかりません。少なくとも呪いをかけた犯人をつきとめ、それを断じることのできる明白な証を握るまでは、隠し通さねばなりません」

そこでレオニスは怠惰な生活を送り、まるで呪いなどかかっていないかのように振る舞うことにしたのだ、とクロヴァンが説明する。

持って生まれた魅力を活かして人を動かし、自分は必要最低限しか動かない。

幸いというべきか否か、もともと頭の回転が速いレオニスは、教師たちの言葉がまわりくどく思えるらしく、昔から体調不良など適当な理由をでっちあげては授業をさぼっていたりしたので、まわりの者たちも「さぼりぐせに拍車がかかったのだろう」と考え、深く訝しむことはなかった。

「殿下が平然としていらっしゃるので、呪いをかけた者は自分の術が失敗したと思っているのかもしれません。頻繁に命を狙われるようになったのもこの頃でございます。それから一年。『番人』による王位継承の選定の日は近づいてまいりました」

さすがのレオニスも、寝室にこもりきりで『番人』たちの選定を乗り切ることはできない。何か術はないかと探していたところ、邪なものをことごとく退けるという伝説の、破魔の剣を抜いた者がニーダにいるという話を聞いた。レオニスはクロヴァンをニーダに赴かせ、彼の友人であるニーダ出身のラティカの父に仲介してもらい、剣の主を自分の護衛として王宮にあげようと考えた。そうしてやってきたラティカにも事情を悟られないよう軟派な態度で接し、剣の効力を確かめながら、行動時間を徐々に増やしていくことにしたのだ。

「それで、あの条件だったのですか……」

己の任務に付された条件を思い返し、ラティカは腑に落ちた気分になる。

妙だと思ってはいたのだ。レオニスを護りきり『王位に就ける』という条件。これは一介の戦士（になりたい娘）に負わせるには、正直言って大きすぎる問題だ。だが、話を聞いた今ならわかる。この条件は『レオニスが王になれるよう呪いから護る』という裏の意味を持っていたのだ。

「このことを知っているのは殿下ご自身と私、そしてラティカ殿だけでございます。くれぐれも、他の者に知られることのないようご配慮願います」

「はい。もちろんです」

硬く首肯したラティカは、時おり苦しげに眉を寄せる主の顔を見つめ、ぎゅっと唇を噛みしめる。寝台に横たわるのを支えた時、彼の胸に毒花のように禍々しく浮き咲く紅の呪術文字が垣間見えた。

呆れるほどに自堕落な態度は、呪いを隠すため。纏う服は夜着ばかりなのに派手なほど宝飾品を身につけていたのは、護宝具を誤魔化すため。やたらと自分に触れてきたのは、破魔の力を得るためだった。

呪い林檎を清めた時のように、破魔の剣は「断ち切る」ことで邪なものを打ち破る。しかしレオニスの身を「断ち切る」わけにはいかない。剣の主が触れれば呪いは緩和されるが、解くことまではできない。

己の無力を感じるラティカの心を察したのか、クロヴァンが慰めるように言う。

「ラティカ殿が来られたことで、殿下のお体はだいぶ楽になられているようです。できれば次期王の選定までに、呪いの犯人も突き止めようとされています。ラティカ殿は殿下が極力苦痛を感じずに動けるよう、これまで通り、そばでお護りください」

「……わかりました」

もう一度、しっかりと頷きながらも、ラティカは強く思う。

もっとレオニスの力になりたい。彼のために、何かできることはないだろうか。

思案するラティカの頭からは、任務としての期間限定の護衛であることや、そもそも自分の夢を叶えるために来たことなど、今やすっかり消え去っていた。


主の状態が落ち着いたらしいと見て取ったクロヴァンは、しばらくして自分の仕事を済ませるために退室した。それから二時間ほど経っただろうか。重ねていた手がぴくりと震えて、レオニスがうっすらと瞼を開けた。

「……ラティカ……？」

「目を覚まされましたか、レオニス殿下」

ラティカはほっと眉を開き、傍らの小卓から水差しを取ってグラスに水を注ぐ。

「お身体の具合はいかがですか？」

問われたレオニスはラティカの助けを断って自分で身体を起こし、差し出されたグラスを受け取った。こくりと一口水を喉に流すと、頬を緩める。

「ああ、だいぶいい。いつもとそう変わらないくらいだ」

触れていた手はまだかなり熱かったのに、平然と笑って嘯いた。自分が洞察力に欠けていたことは否めないが、レオニスの我慢強さと嘘の上手さだって相当なものだ。

悔しさと歯がゆさにむっとしたくなるのを堪えつつ、ラティカも口角をあげる。

「それはよかったです。では失礼して——」

返されたグラスを小卓に戻すと、ラティカは自分の胸の釦に指をかけた。釦をすべて外し、するりと上着を脱いでシャツ姿になり、上着は椅子の背にかける。それから靴も脱ぎ揃え、上掛けをめくって寝台にあがりこむ。

「？　おい、ラティカ？」

自分の横に正座したラティカを、レオニスは唖然として見つめた。

「……何の真似だ？」

怪訝そうに尋ねる主に、ラティカは真顔で身を乗り出す。

「私を、抱きしめてください」

「——は？」

「そうすれば、身体が楽になるのでしょう？」

あれからいろいろと考えたが、自分がレオニスにできる最良の手助けは、まず一刻も早く彼を回復させることだ。「侍従長殿から事情は聞きました」と告げると、

「あ、ああ……」

レオニスは納得したような、それでも戸惑いが収まらないような表情で相槌を打つ。

しかしそれ以上は動こうとしないので、ラティカはずいっと膝を進めた。

「さあどうぞ。遠慮なさらずに」

「……っ」

さあさあ、と両手を広げて距離を詰めると、レオニスはまるで何かを警戒するかのように身を引いた。しばし無言で、探るような、迷うような目でこちらを凝視していたが、やがてそろそろと腕を持ちあげる。黒髪の流れる細い背中に腕をまわし、慎重なほど少しずつ、ゆっくりと引き寄せる。

そうして互いの心音が響くほど深く抱き込むと、目を瞠ってぽそりと言った。

「…………柔らかい」

「殿下のために、抱き心地を考慮しました。破魔の剣以外の武器は外しています」

あまりに意外そうな呟きがなんだかおかしくて、ラティカは小さく笑う。

「不快ですか？」

一応尋ねると、レオニスは「……いや」と首を振り、抱き寄せる腕に力をこめた。

「こっちのほうが断然いいに決まってる」

思わずといった笑いを含むその声にも、力が戻っているのを感じる。

心底安堵したラティカは、少しだけ身を離し、レオニスを間近に見据えた。

「改めて誓います、レオニス殿下。私は――いえ、私が貴方を護る。呪いを解く方法も、必ず探し出してみせます」

確固たる声音で宣言し、じっと見つめて反応を待つと、

「おまえが言うと、簡単に実現しそうに聞こえるな」

全幅の信頼をこめた瞳が優しく細められ、ふっとレオニスが破顔する。

「――っ」

何の含みもない、無邪気なまでのその笑顔は、目がくらむほど眩しいものだった。

ラティカの心臓が一瞬止まり、直後、その反動のようにばくばくと騒ぎ出す。

「横になってもいいか？」

囁くように問う声も優しい。吐息に首筋をくすぐられ、びくりと肩が震える。

「は、はい……」

ぎこちなく首を縦に動かすと、レオニスはラティカを抱えたまま、ゆっくりと寝台に身を沈めた。その熱い腕と、羽根のように軽い上掛けにふんわりと閉じこめられて、ラティカは身じろぐこともできなくなる。

「ラティカ」

「な、なんでしょう？」

声が、掠れる。そのことにもまた動揺しながら、目だけ動かして主をうかがうと、

「ありがとう」

ふたたびとろけそうに柔らかな笑みを向けられたうえ、今度ははじめてのお礼つきというおまけまで加わって、ぎゅっと胸のあたりが引き絞られた。

「いえ……」

もうどう応えていいかわからず、ラティカは忙しく目をさまよわせて口ごもる。

これまでのレオニスなら、おそらくとっくに額だの髪だのこめかみだのに口づけているところだが、今はそんな気配はまったくない。ただそっと、包み込むように触れているだけ。それなのになぜか、今までで一番、触れあう体温を意識してしまう。

まるでレオニスの熱を呼び込んだみたいに顔が火照り、頭がぼうっとする。

視線を合わせていられなくて、首を曲げて顔を伏せる。

しかしそのとき、額に冷たいものが当たって、ラティカははっと息を吸い込んだ。

触れたのはレオニスが首にかけている首飾り——護宝具だ。

ひやりと硬いその感触がラティカの頭を冷やし、思い出させてくれる。

そうだ。何をうろたえていたのだろう。どんな言動をしようと、彼に他意はない。今まで何かにつけ自分に触れてきたのも、好意を持っているようなことを言っていたのも、自分を気に入っていたからではない。呪いを隠(かく)しながら、剣の効力を得るためだったのだから——

そこまで考えて、ラティカはふと胸の上で手を握(にぎ)った。

(……？　なんだ？　胸のあたりがもやもやする……)

何も困ることなどないはずなのに、すっきりしないこの気持ちはなんなのだろう。己の心を探ってみたが、はっきりと説明できる言葉を見つけられない。と、前髪に吐息がかかり、規則的な呼吸に目を向ければ、レオニスは安らいだ顔で眠っていた。よかった、と思う反面、変に意識しているのは自分だけだと証明された気がして、またも胸に原因不明の靄(もや)がかかる。

それでも頬の赤みが消えないことには気づかぬまま、ラティカはレオニスの腕の中、陽(ひ)が沈んで彼がふたたび目を覚ますまでずっと、明るい時間を寝台でおとなしく過ごしたのだった。

第三章　ラティカの身勝手な王子様

「『番人』の皆に伝えてくれるか。第一王子レオニスは、今日からすべての公務を行う」

近くにいた侍従にそう指示し、真っ白な手袋をその手にはめる。

視察の日から三日後。

体力を取り戻したレオニスは、正装して自室の居間に立っていた。

敵は自分を王位に就けさせたくない。ならば自分が動いて敵を焦らせることで、その尻尾を摑む、という考えらしい。

ぴんと襟の立った白シャツの首には、落ち着いた臙脂色のチーフ。

光沢感のある黒いサテン地のベストに、長い足がさらに長く見える同色のズボン。

襟の開いた深い青の上着は、胸元と袖口に繊細な金銀の刺繍が施されている。

それらすべてが彼の麗姿をまばゆいほどに輝かせ、侍従たちはほうっとため息をつき、女官たちはうっとりと瞳をとろけさせて己の主に見入る。

「少し忙しくなるが、よろしく頼む。まずは久しぶりに、朝議に顔を出すぞ」

「――はっ！」

微笑みかけられた侍従は頬を紅潮させ、歩を進めるレオニスのために扉を開いた。

部屋を後にする王子に吸い寄せられるように、他の侍従も護衛たちもついていく。

やがてぱたりと扉が閉じ、主たちの足音が遠ざかるのを待ってから、残された女官たちはさげていた頭をそろそろとあげ、すうううっと息を吸い込んだ。

「………………レオニス殿下が、朝議に出られる、ですって」

一人がこぼした言葉を皮切りに、女官たちはどっと弾けるように色めき立つ。

「それも今日だけでなく、今日から。すべての公務、とおっしゃっていたわ！」

「精悍で麗しいあの本来のお姿を、これから毎日見ることができるというのっ？」

「大変！　今すぐ城下から仕立て屋を呼び寄せなければ！」

「ええ、新しいご衣裳の生地を見繕って、それから靴や手袋、飾り帯――」

「妥協は許されないわ。とにかく全部、最高の物を揃えるのよ!!」

興奮抑えきれぬ様子でばたばたと部屋を出ていく女官たちを、

（まるで天変地異だな……）

窓の外から眺めていたラティカは、苦笑いで見送った。

ラティカは今日は、レオニスに同行しない。本当はずっとそばについていたいが、護衛の身では朝議の行われる部屋の中まで同席することはできないという。隣室までは他の護衛十名が一緒だから、きっと大丈夫。今はそれよりもやるべきことがある。

居間から繋がるテラスの壁にぴたりと身を寄せ、しばらくの間、ラティカは気配を殺して待った。そうして小一時間ほどが過ぎ、日差しを受けてもあたたまらない風にさらされ、さすがに身が震えてきた頃。

音もなく扉が開いて、誰かがするりと居間に入ってきた。

ラティカは直接のぞきこまず、胸ポケットから出した手鏡に映して確認する。

それは侍従のお仕着せを着た細身の男だった。が、顔は見たことがない。

男は部屋を見まわして誰もいないことを確かめると、足音を忍ばせて書斎机に歩み寄った。懐から小瓶を取り出し、机の引き出しを開け、小瓶の中に入っていた何かをひっくり返して移してから、素早く閉める。

(何か、動いていた?)

目を眇めたラティカは、男が去るとすぐさま窓から居間に入って引き出しを開けた。

「――っ!」

とたん、ぶうんっと飛び出してきた数匹の蜂を剣で切り落とす。

間違いない。あの男がこれまで殿下の部屋に毎日のように細工を仕掛けてきた者だ。

ラティカは急いで男の後を追う。

脳裏には、クロヴァンから聞いた話がよみがえっていた。

『術師から聞いたところによりますと、呪術を行うには核となる呪具が必要だそうです。犯人を突きとめ、呪具を見つけ出すことができれば、ラティカ殿の剣で呪いを解くことができるはず』

廊下の角を曲がったところで、少し先を歩く男を見つける。

呪いの犯人と疑わしい者。レオニスが命を落として利を得る者と言えば、王位を争う第二王子派。ウィルフレッド王子、ナターシャ妃、彼らに与する貴族たち。

この男をつければ、そのうちの誰かに行き当たるかもしれない。

侍従用の狭い階段を、男は急ぎ足でおりた。ラティカは壁や物陰に身を隠しつつ男を尾行する。しかし厨房あたりに差しかかったところで、急に人通りが多くなった。

男はその中で己の身を紛れ込ませるように進み、気配を薄めて厨房へと入っていく。

焦ったラティカは歩を速めて厨房に駆け入ったが、護衛服姿の娘は格段に目立った。

「な、何かご用ですかっ？」

料理人がたじろいだ声をあげ、周囲の人々が一斉に振り向く。追っていた男もラティカに気づき、慌てた様子で裏口から逃げ出した。

「待て！」

料理人たちを掻き分けて、ラティカも裏口から飛び出す。逃げ足の速い男の背を追い、城壁に沿って整然と並ぶ植木の横を走り抜け、しばらくすると前方に高い垣根が連なっているのが見えてきた。

（あそこで追い詰める！）

さらに走る速度をあげたラティカが、男に追いつこうとした時。男が振り向きざま小瓶を投げてきた。顔に飛んできたそれを、腕をあげて庇った隙に、男は垣根の細い途切れ——錬鉄の門を開け、その向こうへと姿を消してしまう。

しまった、と歯噛みして男に続こうと門をくぐったが、

「——っ！」

そこで正面から現れた人にどんっとぶつかって、ラティカはたたらを踏んだ。

同じく後ろによろめいた相手を見て、ぎくりと身を硬くする。

「君はたしか……兄上の護衛？」

「……はい」

不審げに目を細めるその相手は、第二王子ウィルフレッドだった。

品よく整った顔は、笑んでいないと氷のように冷たい。はじめて間近から見おろされたラティカは、弟王子の瞳に宿るはっきりとした感情に気づく。

——これは、敵意だ。

「……殿下。お伺いしたいのですが、今そちらに男が走っていきませんでしたか？」

「いいや？　誰も見ていないよ」

嘘だ。このタイミングで見ていないはずがない。そう思ったが、王子相手に指摘することはできない。苦く唇を嚙みしめるラティカに、ウィルフレッドが詰問する。

「君はここに何の用？　この門から先は、王族か宮廷庭師しか入れない中庭だけど」

「！　それは——……」

ラティカの背に冷たい汗が流れる。十中八九、ウィルフレッドは黒。あの男を庇っている雇い主だ。下手なごまかしをして、レオニスを不利にするわけにはいかない。

言いよどんだラティカを、突然横から大きな手がさらった。

「それはもちろん、俺との逢引きだ」

「兄上——」

横手の廊下の窓からこちらを見て気づき、外に出てきたらしい。『番人』や護衛たちを引き連れたレオニスが、彼らの目も気にせずラティカを抱き寄せた。

「殿下っ、朝議に出られていたのでは？」

「そんなに怖い顔をしなくても、さぼったわけじゃないぞ。早く終わったんだ」

驚いて心臓を跳ねあげるラティカの額に、レオニスは甘く微笑んで唇を寄せる。

「おまえに早く逢いたくて、難しい議題も速やかに片づけてきた」

『早く逢いたい』は『早く体力を補給したい』という意味なのだろうが、ふしだらを演じるレオニスの、他は眼中にないと言わんばかりの態度が気に障ったのか、ウィルフレッドは綺麗な顔を歪めて言った。

「兄上……いくらおたわむれだとしても、王位継承者の選定期間中に不用意な真似は控えたほうがよろしいのでは？　先日もそうでしたが、人目も憚らず護衛の娘を相手に……『番人』の方々も戸惑っていらっしゃいますよ」

「たわむれじゃない。たしかに彼女は俺の護衛だが、リーフェス公爵の孫娘でもある。いずれ俺の妃に、と考えている女性だ」

「――！」

意表を突かれたのだろうウィルフレッドが目を瞠り、

「リーフェス公爵の――？」

「そういえば噂に聞いたことが――」

『番人』たちも驚いた様子で顔を見合わせる。

「（……なんってことをおっしゃるのですか殿下）」

「（そういうことにしておけば、どこでおまえに触れても不自然じゃないだろう）」

ラティカに睨まれても悪びれずににやりとするレオニスは、すっかり元通りだ。寝込んでいた時のあのしおらしさはどこにいったのか。遠慮のない手を意識して血のめぐりが速くなるラティカをよそに、レオニスがウィルフレッドに言う。

「おまえも王位を志すなら、身を固めることも考えたほうがいいんじゃないか？」

「……お気遣いいただき、ありがとうございます」

指摘がよほど屈辱だったのだろう。ウィルフレッドは唇だけで笑んで、絞り出すように言った。弟に不敵に笑い返してから、レオニスは『番人』へと視線を移す。

「昼は隣国の大使と会食。その後は騎士団の叙勲式に出席します。それまでは、彼女と二人にさせていただきたい」

（うああ……『番人』相手にまたしゃあしゃあと。それもこんな大勢の前で『妃』!?　だがこれも殿下を護るためには必要な口実……なのか？　しかし殿下のいいように転がされている気が……そしてなぜ私は、さっきからこうも動悸がするのだ）

その場を離れるレオニスに腰を抱かれて中庭とは反対方向へと導かれ、ラティカは

ぐるぐると頭を混乱させていたが、

「――!」

後ろから感じた視線に、ぞくりと身の毛がよだつ感覚がして我に返る。

ラティカはさっと顔を引き締め、首を動かさずに背後をうかがった。視線はすぐに引いてしまったが、そこには『番人』たちと残るウィルフレッドがいる。

「ラティカ?」

「……何でもありません。行きましょう」

身を緊張させたラティカに気づいたらしい。レオニスは足を止めようとしたが、ラティカは首を振って逆に足を速めた。

視線はおそらく、先ほど自分に敵意を見せた弟王子のものだったのだろう。けれども今感じたのは、あの時よりさらに強い負の気配。早くここから離れたいと思わせるほどの、まるで暗い穴の中で凝って渦巻く闇のような、どろどろとした気配だった。

それから一週間。

レオニスは公務に励んだが、おそらくウィルフレッドが黒だろうとラティカが報告した直後から、それまで毎日のように部屋に仕掛けられてきた害意ある細工やその他の襲撃はぱたりと途絶えてしまった。おかげで敵の尻尾を摑めないまま時間ばかりが過ぎていく。剣術競技会での件や馬車を襲われた件についても探っているが、進展はない。レオニスの体にかかる負荷を思えば一刻も早く呪いを解きたいラティカは、焦りが募るのだが……。

「どうした？　遠慮なく触れてくれていいぞ」

「で、殿下っ。起きてらしたんですかっ」

すっと開いた切れ長の瞳に、ラティカは慌てて手を引っ込めた。

居間の長椅子で仰向けになって書類を読んでいたレオニスが、気づけば瞼を閉じて休んでいた。その傍らに膝をつき、触れるべきか、起こさないように触れざるべきかと主の頭の上で手をうろうろさせていたのを、見つかってしまったところである。

うろたえて後ずさるラティカの手を摑み、レオニスがじっと見あげてくる。

「そう不安でたまらない顔をする必要はない。こうするだけで随分楽だ」

「別に、不安でたまらないわけでは」

「だが、おまえのほうから触れてくれるなら、辛いということにしておこうかな」

この人は、また――！

手の甲にキスが落とされて、半ば条件反射的にラティカの眉がつりあがった。

体力が回復してからのレオニスは、ずっとこんな調子だ。

気は焦るのだが、こうしてレオニスがふざけるので、素直に心配もできない。もっと優しく接したいと思うのに、不規則に鼓動が速まって動きが硬くなり、自分からレオニスに触れるどころか、逆に逃げ出したくなってしまう。

「そ、そこまでお元気そうなら、もう手を離してもよろしいのではっ？」

「駄目だ。まだ全然足りない」

「う……では、あとどれくらいこうしていれば？」

「おまえが頬に口づけてくれたら、午後からの公務も頑張れるだろうな」

「その言い方は卑怯です……っ」

頬を指差すレオニスの目を見れば、完全にからかっているのがわかる。けれども平静に切り返すことができない。ラティカはラティカで、ずっとこんな調子なのだ。

「失礼いたします、レオニス殿下。ミリア殿がお見えです」

そのときクロヴァンが入ってきて、ラティカは助かった思いで息をついた。

しかしレオニスから離れるより前に、訪れたミリアに見られてしまう。

「突然お邪魔してしまい、申し訳ございません。レオニス殿下」

「いえ、いつでもどうぞと以前にも言いました」

レオニスは身を起こしたが、繋いだ手は離さない。逃げる機を逸したラティカは身の置き所のない心地で赤面し、背にだらだらと汗を流す。

長椅子で寄り添う二人を一瞥し、ミリアは感情のない声音で静かに尋ねた。

「殿下は本当に、ラティカさんを妃にと考えていらっしゃるのですか？」

レオニスはラティカの腰を抱き寄せて飄々と嘯く。

「彼女の許しが得られれば、ですが」

「……わかりました」

そのとき答えるまで間のあったミリアに、ラティカは内心で首を傾げた。変化に乏しい彼女の顔に、ほんの刹那、苦いものを飲むような表情が走った気がしたからだ。

しかし気のせいだったのか、改めて見ても何も読み取れない。

「『番人』はその点も考慮に入れて、王を選定することでしょう」

そう言ってミリアは一枚の封書を差し出した。

クロヴァンの手を介してレオニスが受け取り、封を開く。その手の隙間からラティカの目に飛び込んできたのは、『招待状』の文字だ。ミリアが優美に一礼する。

「あなたとウィルフレッド殿下を夜会に招待いたします。他にも主だった貴族や官僚、司祭たちもお招きする予定です。五日後、わたくしたちの屋敷へお越しください」

ミリアが部屋を後にすると、レオニスは荒く息を吐いて長椅子の背にもたれた。

苦い思いで放った招待状が、ひらりと躍ってテーブルに着地する。

「王位継承者を決める日まで、もう残り少ない。この夜会での立ち回りが選定において重要になる——と言いたいのだろうな、『番人』たちは」

自分を呪った輩も、おそらくここで何か仕掛けてくるはずだ。しかしまだその輩を限定できていない状況で、出席するのは気の進まない誘いだった。

「左様ですね」

クロヴァンも難しげな顔つきで相槌を打ったが、流れる重い気を払うように、ラティカがぴんと背筋を伸ばす。

「敵がどんな策を仕掛けてこようと、殿下は私が必ずお護りします」

凛とした声は、本当に清めの力があるようだ。

レオニスは軽くなった肩をすくめ、軽い調子で言ってやった。

「任せた、と言いたいところなんだが。無理だろうな」

「なぜですか？」

　実力を疑われたとでも思ったのか、心外そうな顔で問うラティカに、クロヴァンが説明する。

「『番人』はこの国の騒乱を避けるために作られた存在。その成り立ちから、彼らは争いごとを好まず、屋敷内に武力を持ち込むことを固く禁じています」

「教会よりも徹底されていて、食事に使うナイフの型にも規定があるくらいだ。たとえそれが異国の王族の近衛だろうと、武装している者は正面玄関の扉をくぐれない」

　レオニスが付け足すと、ラティカはむう、と眉根を寄せた。

「つまり、護衛の私は屋敷の中に入れない、ということですか……」

　唇に手を当て、宙を睨んで黙り込む。何とか手はないだろうか、と必死に思案しているのがわかる表情だ。レオニスはひっそりと苦笑した。

（本当に、いつでも真っ直ぐだな。こいつに『揺らぐ』という言葉はないのか）

　呪いの負荷を緩和する剣の効力という点で言えば、夜会に行って帰ってくるくらいの時間なら耐えられる長さだ。だからラティカが必ずしも同行する必要はないのだが、懸命に考える様子をもう少し見ていたくて、レオニスは肘掛けに頬杖をついてしげしげと眺める。

　と、何か思いついたのか、ラティカがはっと顔をあげた。

けれどもその直後、怯んだようにその瞳が揺れる。

（？　なんだ？）

たった今彼女の迷いのなさに感心したばかりのレオニスは怪訝に眉をひそめたが、揺らぎは一瞬で消えた。ラティカは何かを振り切るように顎をあげ、口を開く。

「よい案を思いつきました。殿下がつかれた嘘を利用しましょう」

「嘘を利用？　どういう意味だ」

首を傾けるレオニスに、ラティカがテーブルから招待状を拾い、掲げてみせる。

「主だった貴族も招かれる夜会なのですよね？　私の祖父のところにも招待状が届いているはず。護衛ではなく、殿下の婚約者候補の貴族令嬢として、私も出席します」

きっぱりと言い切ったラティカを、レオニスは驚いて見返した。

さっき見せた逡巡はこれだったのだろうか。以前ドレスを贈ると言ったら、心底嫌そうに固辞したラティカだ。婚約だの貴族令嬢としての振る舞いだのは苦手としているはず。そんな策を出してくるとは思わなかった。

「……いいのか？」

探るように問うと、ラティカはきょとんとする。

「何がですか？」

「ウィルたちの前で未来の妃扱いをした時、おまえは怒っていただろう」

「そのような些事にこだわっている場合ではありません。一番大事なのは、私が殿下の誰よりも近くにいることです」

「――……っ」

まるでそれがこの世の理とでも言わんばかりにさらりと告げられて、レオニスは息を詰まらせた。我知らず目元が熱くなり、それから危機感と焦燥感を混ぜたような感覚に襲われる。レオニスは眉間に皺を寄せて、ラティカから目を逸らした。

動じるな。彼女はただ熱心に任務を果たそうとしているだけだ。

言い聞かせることで胸の内から浮きあがってくる何かを鎮めていると、クロヴァンがすっと動き、レオニスとラティカの間に入る。

「必要なものはこちらで準備いたします。なんでもおっしゃってください」

「助かります、クロヴァン殿」

侍従長の申し出をありがたく受けたラティカは、何に気づくこともなく、手配してもらいたいものを伝えると、城下にあるリーフェス公爵家別邸へと向かった。

そうしてレオニスは侍従長と二人、部屋に残される。

「……殿下」

それを待っていたかのように、クロヴァンが呼びかけてきた。物言いたげな声音に、レオニスはぴくりと目の下を動かす。「なんだ？」と目を合わせないままうながすと、クロヴァンは長椅子の前にまわりこんできた。

「認めるなら潔く認めてくださったほうが、私としても対応しやすいのですが」

レオニスは内心で顔をしかめた。クロヴァンが何を言いたいかはわかるが、その方向に話を持っていきたくない。何食わぬ顔に見えるよう、取り繕ってそらとぼける。

「何の話だ。ラティカの実力ならとっくに認めている。ドレス姿でもニーダの若者たちを薙ぎ倒していたと、おまえも言っていただろう」

「そういう意味ではなく――」

「仕事に集中するから、少し黙っていろ」

レオニスは無理矢理話を打ち切って、中途になっていた書類を膝の横から持ちあげた。考えたらまずいことがある時は、考える暇を自分に与えないのが一番だ。そう思って、ここ最近でも断トツの集中力で仕事に没頭し始める。そうすることで、よけいなことは頭から完全に消し去った。つもりだったが――

――その日の夜。

（あいかわらず、話の道草が多いじいさんだ……）

遅くまで大臣の話につきあわされたレオニスは、自室に引きあげながらげんなりとして手に顔を埋めた。人前で気を張る余力が残っておらず、供を呼ぶのも面倒で、庭に面した回廊を一人歩く。

白い廊下にぼんやりと映る己の影に気づき、首を上に傾ければ、雲のない空には満月に近い月が高い位置に浮かんでいた。

遠慮深げにぽつぽつと輝く星は、まるで月の吐息が凝ってできた氷のようだ。

自分の吐く息も白く、もともと寒がりなうえに体力の落ちているレオニスは、早く屋内に入ろうと足を速めた。しかしそこで、視界の端に動くものをとらえる。はっとして庭のほうに目を向けると、そこには黒髪の娘がいた。

桃色の秋花を咲かす白い鉢植えと、赤い実をつけた低い植木が並ぶ向こう。

綺麗に刈られた柔らかそうな芝の上。

薄青の、袖や裾がふわりと霞のように靡く質素なドレスを纏い、静かに佇んでいる。

（ラティカ……？）

レオニスはゆっくりと瞬いた。

はじめて見るドレス姿のせいだろうか。そこにいるのはたしかに護衛の娘なのに、一瞬別人かと疑ったほど、自分の知る彼女とは漂わせている雰囲気が違った。

冴え冴えとした月の光を浴びて、白い肌は暗がりに浮くかのように輝いている。

風が木の葉を揺らすたび、夜闇よりもくっきりと濃い黒の髪が、艶やかに靡く。

長い睫毛を伏せ、何かに祈るようにそっとうつむく様は、まるで月から舞いおりた女神かと思うほど美しいが、どこか儚げで頼りない。目を離した隙にふっと消えてしまいそうな危うささえ感じ、レオニスの足が無意識に歩み寄ろうと動いた時。

伏せられていた目が、かっと見開かれた。


そのしばらく前のこと。

城下の公爵家別邸で夜会の招待状を譲り受けたラティカが、王宮に帰ってきた頃にはすっかり夜になっていた。クロヴァンに確認したところ、レオニスは大臣と会談中だという。自由な時間ができたラティカは、昼間決意したことを実行することにした。

与えられた自室に一度戻り、実家から持ってきていた薄青色のドレスを衣装箱から引っぱりだす。目立つ装飾は胸元のレースと、小花のように縫いつけられた小粒の真珠がいくつかという、比較的簡素なドレス。それを、しばし睨んでから「えいや！」と着替えた後、人気のない庭に出て低い植木に囲まれた真ん中に立つ。そうして緊張した面持ちで、ごくりと唾を呑んだ。

ここから先は、長年踏み出せずにいた一歩だ。

そう意識するだけで身体が強張り、胸の前で拳を握る。ほんのりと自分を照らす月の光に、力を分けてもらうかのように目を閉じて、幾度か呼吸を繰り返していたが、

(……臆している場合ではない。殿下を護るためにできることがあるなら、なんでもやると決めたではないか！)

ラティカは己を鼓舞し、意を決してかっと目を見開いた。往生際悪く身につけていた短剣やら暗器やらの武器を、ばばっと取り去り投げ落とす。そして、

「——腕立て百回、始めっ！」

ざっと芝に両手をついて足を伸ばすと、猛烈な勢いで腕立て伏せを始めた。

「——九十七、九十八、九十九——百っ！　次!!」

それから休みなしに腹筋、背筋、腿あげも各百回。

基礎運動を終えたら、今度は武術の基本訓練。

(無心。無心。無心！　とにかく動けるかぎり体を動かせ！)

鬼気迫る形相で集中していたラティカは、

「よし、正拳突き終わり！　次、極楽夢幻脚、五十回——」

続いて後ろまわし蹴りをしようと身を捻ったところで、ようやく気づいた。

庭の入口。植え込みのそばに、呆然と立ち尽くす人がいることに。

「レオニス殿下っ！」

ラティカはぎょっとしてあげていた踵をおろし、芝草を散らす勢いで後ずさった。

慌てたせいで長いドレスの裾を踏んでよろけたところを、駆け寄ったレオニスが支えてくれる。とさりと背を受け止められ、距離が縮まってよく見えるようになった主の顔には、思いっきり不審げな表情が浮かんでいた。

「…………何をしてるんだ？」

「…………見ておわかりになりませんか？　鍛錬です」

見られた。見られた。見られた。

運動とは別の汗を頰に流し、視線を逸らして答えると、レオニスが問いを重ねる。

「なぜその格好で？」

「それは——」

ラティカは言いよどんだ。正直、レオニスにだけは知られたくなかった。頼りない護衛だと見損なわれたくない。けれどここまで見られてしまっては誤魔化しようがなかった。ひどくきまり悪い思いで、しぶしぶ白状する。

「……ドレスを着るのが、怖いからです」

予想通り飲み込めない顔で眉をひそめるレオニスに、ラティカは詳しく説明することにする。庭の隅に置かれた白いベンチに隣り合って座ると、ドレスの膝のあたりをきゅっと握って話し始めた。


子どもの頃の話になる。生来体を動かすのが得意なラティカは、物心つくか否かの頃から、ニーダ出身の父に闘い方を教わっていた。それは本格的なものではなく、祖父や母も元気な娘を微笑ましく見守っていたが、天与の才に恵まれたラティカは一を教えれば十も二十も吸収していった。

七つを数える頃には短剣やいくつかの武器を己の手足のように扱えるようになっていて、ラティカは自分の強さにそれなりの自信を持っていた。けれどもそれは、あくまで武器を手にしている時の話なのだと、ある日突然思い知らされた。

「八歳の誕生祝いの日でした。祖父を逆恨みする者が、祝い客にまぎれて屋敷に入り込み、私を誘拐したんです」

侍女数人と自分だけのところを、凶器を持った男が襲ってきた。

いつもは動きやすい膝丈のスカートか乗馬用の服を着ているラティカだが、その日はつま先の隠れるふわふわとした花のようなドレスで着飾っていた。

　当然ながら、武器など所持しているわけがない。

　抵抗を試みるも、豪奢なドレスが小さな身体にまとわりついて思うように動けず、あっけなく捕まって身動きできぬよう拘束され、馬車に乗せられた。

「そのときそばにいた侍女たちの中には、私を守ろうとして消えない傷を負った者もいます。それなのに私はろくに動けず攫われ、祖父から依頼を受けたニーダの長が私を救い出してくれるまで丸一日、逃げることすらできなかった」

　今思い出しても自分の情けなさが悔やまれて、ラティカは唇を噛みしめる。

「……八歳の頃の話だろう？」

　抵抗できないのが普通じゃないか、とレオニスは言ったが、ラティカは首を振った。

「武器さえ持っていれば、誘拐を許しはしませんでした。少なくとも、闘う術など知らない侍女たちを凶器に晒すような真似はさせなかった。あの日、ドレスなど着ていなければ……」

「――ようやくわかった。おまえの戦士になりたい願望は、そこから来てたんだな」

　天を仰いで納得の息をついたレオニスは、背を預けていたベンチから身を離してラティカの顔をのぞきこむ。

「それでドレスで着飾るのが怖くなったのか」

「武器を持っていればだいぶ平気になったのですが、武装を完全に解くと……」

ふがいないことに、身が震える。このままではいけないと、故郷でも時おりドレスを着て鍛錬していたが、その際も装身具に見立てた暗器は外せなかった。だが、今度の夜会が行われるのは武装厳禁の『番人』の屋敷だ。ラティカはぶんっと頭を振る。

「いえ、怖いなどと言ってはいられません。今こそ克服してみせます！」

胸の前で拳を握って敢然と言い放つと、レオニスは黙ってじっと見つめていたが、

「……ふうん。それなら俺が協力してやろう」

ふいににんまりと笑んで言った。

え、と瞬くラティカの耳を掠め、少し冷たい手が頭の後ろにまわされる。

「主相手だからと遠慮すれば、後悔するぞ」

言い置くや否や、レオニスはもう一方の手でラティカの腰を引き寄せて、その身に覆いかぶさるように体を傾けた。整った輪郭がぐっと迫り、どきりと鼓動が跳ねる。呼吸が止まったところを軽く押されて、背中からベンチに倒される。

頭の下から滑り出た手が、するりと首筋を撫でた。

指先がたわむれるようにドレスの襟をめくり、

「え——？　殿か——待——っ！」

のぞいた肌に顔を埋めるようにして、レオニスが鎖骨のあたりに唇をつけた瞬間。身体の芯に火がついたように全身を燃えあがらせたラティカは、気づけば見事な投げ技を放っていた。

「——っ」

どさりと芝に尻をついて顔をしかめた主に、我に返ったラティカは青くなる。

「！　申し訳ございません！」

「謝るな。仕掛けたのは俺だ」

ベンチから立ち上がっておろおろするラティカに苦笑し、レオニスも腰をあげた。

「話を聞いてわかった。おまえは、護りたいものを護れる強さが欲しかったんだな」

胸の奥に響く低い声で言うと、ラティカの頭に手をのせ、目線を合わせて笑った。

「大丈夫。それだけ強ければドレスだろうと夜着だろうと敵なしだ。俺が保証する」

「——……」

頑なに凍っていた心を包み込んで溶かすような、あたたかい笑みだった。

こんな笑顔を向けられて、不安でいられる人なんてきっといない。

ラティカが思わず無言で見入っていると、信用が足りないと思ったのか、レオニスは首にかけていたものを服の内から引っ張り出し、自分の首から外す。

「それでもまだ不安だというなら、これをやる」

「これは……」

しゃらりと揺れた銀鎖の先を見て、ラティカは瞳を大きくした。

月光を鈍く弾く銀色の、盾のような形をしたペンダントトップ。

彫りこまれているのは、荘厳に花びらを咲かす百合。

周囲に散らされた雫形の石も美しい、高貴な意匠の首飾りだ。

「百合は剣を象徴する。実際の武器とは違うが、持っていれば気休めにはなるだろう」

そう言って首飾りをかけてくれたレオニスを、ラティカは言葉もなく見つめた。

気休めどころではない。

身体の芯から力が漲るような、不思議なほどの心強さを感じる。けれども、

「もしやこれは、殿下の母君の形見ではないのですか？」

「なぜそう思う？」

「ミリア殿が、同じ百合の意匠の指輪をつけていましたから」

視察で露店街をまわった時、手袋の下につけているのを見た。ミリアはレオニスの

母妃とは友人だったそうだから、彼女も貰ったのかもしれないと思ったのだ。

予想は当たったらしく、レオニスが否定せずに口を閉ざしたので、ラティカはやっぱり、と息をつく。

「そのような大事なもの、私がいただくわけにはいきません。これが母君の形見なら、殿下を呪いから護る護宝具でもあるのでしょう？」

呪いの話を聞いた時、クロヴァンがそう言っていた。ラティカは首飾りを外そうと鎖に手をかけたが、その手をレオニスが摑んで止める。

「だからこそおまえにやるんだ。俺のことは、おまえが護るんだろう？」

素直に貰っとけ、と頭を軽くこづかれる。

優しく細められた瞳に見つめられ、胸の中心からじんわりあたたかくなる。

そのときラティカの心に、ふわりと言葉が浮きあがった。

（ああ……私は、この人が好きだ）

自然と想ってから、急速に腑に落ちる。どうして彼に触れられただけで顔が熱くなり、落ち着かない気分になるのか。口説くような真似は好意からではなく理由があったのだと知って、なぜあんなにももやもやしたのか。

野宿した夜、本当は破魔の剣があったほうが楽なのに、ラティカの身を案じて夜道

を行かせなかった優しい人。呪いで寝台から離れられなくても、国のことを想い、つぶさに知ろうとしていた真摯な人。

言葉一つでこんなにも力が湧くのは、自分がこの人のことを、好きだからだ。

ぽうっと心に灯った火を抱きしめるように、銀の首飾りを握り込む。

「……はい。ありがとうございます、レオニス殿下」

ラティカは囁く声で感謝を述べて、はにかんだ笑みを向けた。けれども次の瞬間、

「――?」

いきなりレオニスに顎をすくいあげられ、驚いて息を呑む。

(え……どうして……)

瞬きするラティカの瞳に、精悍に整ったレオニスの顔が映る。

ついさっきまで和らいでいた彼の目は、怖いほど真剣な光を帯びていた。

とらえる手指の力は強く、先程押し倒された時とはまるで違う。

そのまなざしでラティカの呼吸ごと動きを奪い、レオニスが身を寄せる。

朱金色の前髪に、額をさらりとくすぐられる。

思わず目を閉じたラティカを見つめ、レオニスはゆっくりと顔を傾けた。

このままだと、唇が触れ合う――

「──レオニス、殿下……っ」

心臓がどかんと爆発したような錯覚を起こして、ラティカはぎゅっと目を閉じたまま、かろうじて声を漏らした。思わず突き放そうとした手にはろくに力が入っていなかったが、はっと息を吸うような気配のあと、顎をとらえていた指が離れていく。

植木の枝葉や鉢植えの花たちが、夜気に撫でられて気まずそうにそよぐ。

その静けさに、暴れまくっている己の鼓動が聞こえるのでは、とラティカが息を詰めて凝固していると、感じていた視線がふっと外れ、レオニスが背を向けた。

「──もう夜も遅い。俺は寝る」

「！　お部屋までお供しますっ」

ラティカは弾かれたように顔をあげ、早々と歩き出した主を慌てて追いかける。

今のはなんだったんだろう。

冗談？　おふざけ？　それにしては目が本気だった。

どきどきと早鐘を打つ胸を押さえたラティカは、走っている途中ではたと気づく。

（あ、そうか。ドレスを着てても問題なく動けるか、もう一度試そうとしたのか）

思い至るとどぎまぎした自分が恥ずかしくなり、ゆでだこになった顔を腕で隠す。

（うう……不覚。別の意味で、動けなかった……）

やっぱり色恋方面は自分には向いてない。

けれどもう、自覚してしまった。

それも、初心者には相当難易度の高い種類の人相手に。

(どうしよう。知られたら絶対、からかわれる。知られなくてもこれから絶対、今まで以上に翻弄される)

そんな場合ではないのだから、護衛の仕事に支障をきたさないよう気をつけねば、と自分を戒めようとするのに、ふわふわそわそわして心も身体も落ち着かない。

レオニスを部屋に送り届けたラティカは、自室に戻るなり寝台にうつぶせた。

「………恋とは、なんて厄介なものなのだ……」

一日中鍛錬にあけくれた時よりもどっと疲れを感じて、いつまでも赤みのとれない顔を、ぐったりと枕に埋めたのだった。


一方レオニスも、部屋に戻るなり扉に背を預けて深いため息をついていた。

脳裏を占めるのは、月明かりに照らされた庭での光景。

薄青のドレスを纏った、黒髪の娘の姿だ。

怖さに身を震わせ、頼りなげに佇んでいたくせに、次の瞬間には勇ましく顔をあげたラティカ。

万能かと思いきや意外な弱味を持っていて、けれどああやって真っ直ぐ、懸命に克服しようと努力する。ただの契約上の主のために。いや、そんな相手にも全力で尽くすからこそなおさら、そのひたむきさに惹かれずにはいられない。

（……くそ、駄目だ。ごまかせない）

じわり、と呪いとは別種の熱に目元が紅潮し、手で顔を覆う。

剣代わりの首飾りをやるとほっとしたのか、ラティカは潤んだ瞳でこちらを見あげ、なんとも愛らしくほんのりと、はにかんだ微笑を浮かべた。

あの瞬間、身体が勝手に動いた自分に、レオニスはとうとう観念する。

――俺は、ラティカが欲しい。

だいぶ前から心にあったそれに、気づかないふりをしてきた。

そのまま底に鎮めようとあらがってもみたが、もう無理だ。そばにいれば、触れようと手が動く。呪いの緩和など関係ない。手に入れたくてしかたがない。

「クロヴァン」

レオニスは扉から背を離し、侍従長を呼んだ。「はい」とすぐさま返事をして控えの間から現れたクロヴァンに、きつく眉間に皺を寄せたまま切り出す。

「遅くに悪いが、頼まれてくれるか？」

「なんなりと」

頭を垂れた侍従長に指示してから、白い月を十字に切る窓辺へと歩み寄る。

ラティカに渡した首飾りと同じ意匠の指輪を、ミリアが持っていたとわかった。

夜会まで五日。破魔の剣がなくとも、体力配分を気遣えばしのげないことはない。

（それならもう、これ以上はいい）

レオニスは月明かりを通さない厚いカーテンに手をかける。

庭の風景を己の内から締め出すように、強く引いて閉ざした。


翌朝は、レオニスのもとに赴くのがいつもより十分遅れてしまった。

明日はどんな顔をして殿下に会おう。挙動不審になって怪しまれたりしないだろうか。いや、何を弱気な。これも心の修行と考えるのだ。平常心とは言えなくとも、そう見せかける努力をする！

と、腹をくるまで寝台でごろごろ転がりながら、己の心と格闘したためである。

しかし、固い決意で第一王子の居室前にたどり着いたラティカを、そんな気合いなど軽々と吹き飛ばす出来事が待っていた。

「――というわけで、ラティカ殿。申し訳ございませんが昨日をもって、貴殿を護衛の任から解任させていただきました」

「は――!?」

扉前で待ち伏せていたらしい侍従長から、突然の解雇を申し渡されたのである。

「というわけも何も、まったく理由をうかがっていませんが！」

寝耳に水とはまさにこのことだ。唖然とするラティカの眼前に、クロヴァンは証拠とばかりに辞令を突きつける。

「依頼主側の都合による一方的な解雇ですので、ご実家のほうにはラティカ殿がきっちりと任務を果たした旨を伝え、ニーダの戦士として認めるよう責任を持って説得する、と殿下からのご伝言です。念願が叶ってよかったですな」

クロヴァンはにこやかに告げたが、扉を塞ぐように立つ姿からは、ここは絶対通さないという威圧的な意志を感じる。彼の言葉に、そういえば自分はそんな目的でこの王宮に来たのだったとラティカは思い出したが、今となってはどうでもよかった。

「そんなことは訊いていません。なぜこの大事な時に私を殿下から離すのですか!?」

ラティカはクロヴァンに摑みかかる勢いで詰問したが、

「もはや護衛ではないラティカ殿がこれ以上ここに留まられるのなら、許可なく王宮に侵入する不審者とみなします。どうか黙ってお引き取りください」

侍従長は壁のように微動だにしなかった。彼が右手をあげたとたん、ざっと背後に現れた護衛たちが、ラティカの腕をとってずるずると廊下を引きずっていく。問答無用で王宮から締め出されたラティカは、閉ざされた鉄門の前で呆然と立ち尽くした。

念願叶ってよかった？　冗談じゃない。こんなこと、納得できるわけがない。

信じられない思いで頭に手をやり、もう一方の手で門の柵をがしゃんと叩く。

『俺のことは、おまえが護るんだろう？』

昨夜、殿下はそう言ったではないか。あれだけ優しく笑っていたのに、一晩たってこの仕打ちは何なのだ。そういえばあのとき、最後のほうは殿下が無口だった気もするが、自分の恋心に気づいていっぱいいっぱいだったから、思い返してみても原因らしきものはわからない。わからなくて、苛立ちが胸に沸き起こってくる。

（だけど……）

とラティカは唇を引き結んだ。

レオニスが理由もなくこんな横暴を働く人ではないと、自分はもう知っている。

（また何か、わけがあるのか。今度はどんな理由だ。私がいないとすぐに体力が底を突くせに、あのやせ我慢ばか殿下……！）

翡翠色の壮麗な宮殿を、鉄柵ごしにぎっと睨みつける。その景色を背後に浮かぶのは、憎らしいほどいつでも泰然としているレオニスの顔だ。

ラティカは思った。

そうだ。昨夜彼が自分に言ったことは正しい。

（私はたしかに、ニーダの長に憧れて戦士を目指していた。けれどそれは、単に長になりたかったからでも、戦士になりたかったからでもない）

護りたいものを護れる強さが、欲しかったから。

それに気づかせてくれたのも、自分が一番護り支えたい人も、他ならぬレオニスだ。

護ると約束させておいて、これしきで自分を突き放せると思っているのか。

「ならば私がどれだけあきらめ悪いか、思い知らせてさしあげる――！」

届かないとは知りつつも、この場にいない相手に啖呵を切ったラティカは、身を翻して正面門から離れた。高い壁に沿ってぐるりと王宮をまわり、湖に面している北門付近に人気がないのをたしかめると、にたりと不敵に笑う。

そうして懐から、鉤爪状の武器――壁を越えるのに有用な道具を取り出した。

その日からラティカは王宮に『不法侵入』し、陰からレオニスを護ることにした。昔、ニーダの仲間たちと山中に籠って狩りの修行をした経験が役に立つ。完璧に気配を断てば、レオニスの声が聞き取れる距離に隠れ潜むことだってお手のものだ。

つきまとい行為二日目の昼。外出先から戻ってきたレオニスが馬車からおりて建物内に入ろうとしているところに近づき、ラティカは植え込みにこそりと身を潜めた。

隣国の大使の館に昼食に招かれてきたレオニスは、赤で裏打ちされたマントを翻し、肩で風を切るように颯爽と歩いている。鷹の刺繍が見事な衣装の内には、おそらく護宝具をたくさん身につけているのだろう。顔色はそう悪くない。

正面玄関に着くと、レオニスは留守の間に頼んでいたらしい仕事について、待ち受けていた家臣たちに確認する。てきぱきと指示を出す横顔は、真剣で頼もしい。

(う……文句なしに、格好いい……)

護るために見張っているはずが、気づけば違う目で見つめてしまう。

じわわわ、と頬を朱に染めたラティカが、半ば悔しい気分で唇を噛んでいると、

「兄上。今お帰りですか?」

レオニスに続いて馬車が到着し、ウィルフレッドがおりてきた。人目があるとはいえ、十割方犯人だろう彼に油断はできない。すぐに気を引き締めて耳を澄ませたラテ

イカとは異なり、レオニスは警戒心のかけらもない陽気な笑みで弟に答える。

「ああ。おまえは、今日はギニス伯爵夫人の茶会に呼ばれてたんだって？」

「さすが兄上、よくご存知ですね。私も今戻ったところです」

石段をのぼって玄関前にいる兄のもとまで来た弟王子は、そこで周囲を見まわす。

「ところでこの数日、護衛の彼女の姿が見えないようですが。今日もですか？」

尋ねられたレオニスの顔から、浮かべていた笑みが消えた。

「わけあって解任した。妃の話ももうなしだ」

硬く響いた声に拒絶を感じて、ラティカの胸がつきんと痛む。

そんなこちらの存在に気づく由もなく、弟王子は軽い足取りで兄の横に並んだ。

「そうですか。それが賢明だと私も思います。護衛としてなら、女性の彼女よりも頼りになる精鋭が兄上には大勢ついていますしね。かといって妃候補としても、慎みなくあのようななりで武器を扱う女性は、正直どうかと私も内心思って――」

「ウィルフレッド」

やや強く名前を呼んだだけで、レオニスは弟を黙らせた。

ちらりと流した視線には、常人なら即ひれ伏して謝るだろう凄みがある。

「勘違いするな。ラティカに問題があったわけじゃない。任を解いたのは俺の都合だ。

護衛としても人としても、彼女ほど信頼できる者はそういない。勝手な憶測で貶めるのはやめろ」

「……それは、失礼しました」

やりこめられた悔しさが滲むような表情のウィルフレッドに「じゃあな」と手を振って、レオニスは建物の内へと消えていく。閉じた扉から目を逸らしたラティカは、膝を抱えて座り、顔を伏せた。

（突き放したくせに、あのようなことを……。ずるい……やっぱり、好きだ）

潤む瞳と耳の先まで林檎のように赤らんでいるだろう顔をどうにかしようと、握った手の甲で顔をこする。信頼に足る自分でいられるようしゃんとしなければ、と片膝をついてレオニスの後を追おうとした時、

「北門のほうに、不審な人物がいるらしいぞ！」

（――何!?）

耳に飛び込んできた護衛たちの声に、ラティカはさっと瞳を鋭くした。

潜んでいる植え込みのすぐ横を、護衛たちが慌しく駆けていく。

ラティカは腰を落としたままその場を離れ、彼らについて急ぎ北門へと向かった。

ほどなくして門前にたどり着くと、十人近い護衛たちがすでに集まっている。商人が

酒でも運んでいる途中なのか、近くの建物の前に樽が積まれた荷馬車があるのを見つけ、そこに身を隠して様子をうかがおうとした。しかし、

「不審者を発見！」

「曲者を捕獲せよ！」

突然頭上から声があがり、荷台の樽が内側から弾けるように開いた。度肝を抜かれたラティカの肩を、樽の中から飛び出してきた男たちが摑まえる。

なんと男たちは皆、顔見知り。レオニス付きの護衛たちだった。

「ブレッド、アドレー、セドリック！　何を言っている！　私は不審者じゃない！」

「申し訳ございません。こうやっておびき出して捕まえろ、と殿下からの命でして」

憤然と手を撥ねのけたラティカに、護衛の若者たちが眉を曇らせて言う。

（く……気配は完璧に断てても、行動を読まれていたか……！）

やはり殿下はあなどれない。

元同僚相手に乱暴を働くわけにもいかず、舌打ちして距離をとった時だった。

「彼女は不審者ではありません。わたくしが護衛に雇った者です」

思わぬ助け舟が出されて、ラティカは門のほうに目を向ける。ひっそりとした声の主は、楚々としてこちらに向かいくる貴婦人、『番人』のミリアだ。

「ですが我々は、彼女を王宮に入れないようレオニス殿下から言われておりまして」

困惑して顔を見合わせる護衛たちを、ミリアがひたと見据えた。

「レオニス殿下は、わたくしの連れに何か問題があると仰るのですか?」

「い、いえっ！　そのような意味では……！　失礼いたしましたっ」

『番人』相手に下手を打って主の立場を悪くしてはいけない。そう思ったらしい忠実な護衛たちは、戸惑いを飲み込んで頭をさげる。

去っていく護衛たちの姿が見えなくなってから、ラティカは肩の力を抜いた。

「ありがとうございます、ミリア殿。助かりました」

微笑んで礼を言ったが、ミリアは首を振った。

「お礼など不要です。貴女に少し、聞いてみたいと思っただけですから」

「何をですか?」

問い返しつつ、ラティカはミリアを見つめた。ウィルフレッドとは違って、彼女の目に敵意は見当たらない。少し歩きましょう、と背を向けて誘われ、ついていくことにする。

門の外では彼女の瞳と同じ深い翠の湖が、陽を弾いてきらきらと水面を輝かせていたが、ミリアは顔を向けることなく低い植木が迷路のように模様を描く庭のほうへと歩んだ。植木を抜けた庭の中央、噴水の前で足を止め、口を開く。

「貴女がレオニス殿下から護衛の任を解かれたという話を聞きました」

水音に消されそうな静かな声音からは意図は読めないが、ラティカは頷いた。

「はい」

「それでもここにいるのは、なぜですか？」

そこでようやくミリアが振り返る。じっとうかがう様子は、まるでその答えが彼女にとって重要であるかのようだ。不思議に思いつつも、ラティカは正直に答えた。

「殿下は私がお護りすると決めたからです」

「解任されたということは、あなたはもう必要とされていないのではないですか？」

「そうだとしても、私の決意に変わりはありません。先ほどはあのような騒動になってしまいましたが……極力迷惑のかからない方向で、引き続き殿下を警護します」

きっぱりと言い切ると、ミリアははっと目を見開いた。

視線を合わせたまま、沈黙が落ちる。ミリアの唇がかすかに震えた気がしたが、

「貴女は、レオニス殿下を慕っているのですか？」

「うえっ!?」

ぽつりと尋ねる言葉に不意打ちを喰らい、ラティカは声を裏返らせてのけぞった。

主としてではなく、恋心を問われているのがわかる。

「そ——れはその……」

頭から火を吹きそうな心地で、服の胸元をぎゅっと握る。その下にある百合の首飾りを手のひらに感じながら噴水の流れに目をさまよわせ、白状した。

「………はい。そうです」

うあああ、恥ずかしい……！　はじめて口に出して認めてしまった。

こんなにもあっさり気づかれるとは、自分はわかりやすいのだろうか。

頭を抱えてうずくまりたい衝動にかられたラティカだが、ミリアが何かを堪えるように声を詰まらせたのを感じて、「あれ？」と我を取り戻す。

「ミリア殿？　どうかされましたか？」

「わたくしは——」

胸の前で手のひらを握ったミリアが、柳眉を寄せて何かを言い出そうとした時。

「ここにいらしたのか、ミリア殿。ナターシャ様が話をしたいと仰って、貴女を捜しておられましたよ」

門のほうから『番人』の衣装を纏った男がやってきて、ミリアは言葉を呑んだ。

「……わかりました。すぐにまいります」

答えるときには、一切の感情が読めない無表情に戻っている。

(何を言おうとされていたのだろう……？)

では、と軽く会釈して去っていく貴婦人を見送りながら、ラティカは首を捻ったが、そのとき巡回の衛兵たちを視界の端にとらえる。疑問はひとまず頭の隅に置くことにして、彼らがやってくる前にと急ぎその場を離れた。

それからまた二日が過ぎ、いよいよ夜会の前日になった。

レオニスやクロヴァンは、敵が仕掛けてくるとしたら夜会当日だと踏んでいるようだったが、必ずしもそうとは限らない。気を抜くつもりなどないラティカは、夜になってもレオニスとその周囲を見張り続けていた。

シエリー川流域他、各地方の役人を呼び集め、その報告を聞き終えたばかりのレオニスが、侍従や護衛に囲まれて回廊を渡っている。

この先は彼の居住棟。今日はもう公務を終えて引きあげるところのようだ。

(ひとまず無事、今日を終えられそうだな)

回廊に面した、先日自分の気持ちを自覚した場所でもある庭。

鉢植えの間に潜むラティカが、ほっと胸を撫でおろした時だった。

雲間から月が顔を出し、暗闇の中で何かがちかりと光る。

光に目を向けたラティカは、少し離れた横手の植木に怪しい人影を見つけた。こそこそと這い進む人影の手には弓矢らしきものがある。光ったのはその矢じりだ。

(曲者――!)

判ずるや否や、ラティカは地を蹴って走った。人影がぎくりと身を引き、若い男のようだと認識するが、顔を確認するよりも先に男の手から弓を叩き落とす。奪い取った矢を踏み折り、腕を捻りあげて男を地面に倒したところで、

「ぐ――離せっ!　兄上が……!」

「ウィルフレッド殿下!?」

あがった呻き声に目を丸くする。

ラティカの膝に押さえつけられ、顔と腹を芝草につけて伏す男は、なんと第二王子ウィルフレッドだった。犯人だろうとは思っていたが、人に任せず自ら行動するとは考えていなかったので、つい動揺して力を弛めてしまう。すると王子はすかさず拘束から抜け出し、跳ねるように身を起こした。そして回廊を確認し、

「……………どうしてくれる」

ゆらりとラティカに首を向ける。悪びれるどころか、なぜかひどく恨めしそうだ。

「どうするとは、何の話です」

その表情に異様な迫力を感じ、内心たじろぎながらも睨み返すと、

「兄上が廊下を通り過ぎた。今日の兄上のご衣裳を、見逃してしまったではないか」

「は……？」

思いもよらぬ返答をよこされたので、ラティカの目が点になった。穏やかで上品な貴公子はどこへやら、ウィルフレッドはその場にがくりと両手両膝をつく。

「他の女官や侍従たちは見たというのに、私だけが見逃してしまった……！」

「………ご覧になりたかったのですか？」

「当然だ！　あの不遜で精悍で凛々しく、惚れ惚れと美しいお姿を見たくない人間がこの世にいるというのか？　ああ、昼間公務で外出などしなければよかった……!!」

頭を抱えて嘆く弟王子に啞然としつつ、ラティカはそういえばと思い至った。

彼の口から似たような言葉を、以前にも聞いたことがある。

たしか剣術競技会の翌日、レオニスを訪れたウィルフレッドが『遠出などしなければよかった』と不在だった己を悔やんだのだ。もしやあれも、自分が優勝したかったという意味ではなく、出場した兄の姿を見たかったから？　だとするとまさか――

「……ウィルフレッド殿下は、レオニス殿下を慕ってらっしゃるのですか」

呆けたように尋ねると、

「全世界七大陸数億の人間すべてと秤にかけても兄上を選ぶくらい心酔している」

きっぱりはっきり肯定し、ウィルフレッドはぎろりとラティカを睨んだ。

「弟が兄を慕って、何かおかしいことでも?」

「いえ、それならなぜ、もっと素直にそれを表現されないのかと……」

「兄上に好かれたいからに決まっているじゃないか」

おずおずと疑問を口にすれば、大真面目な顔で意味不明な理由を告げられる。

「すみません。まったく理解できません」

思わず額を押さえたラティカに、「そんなこともわからないのか」と鼻を鳴らし、ウィルフレッドは立ちあがった。まるで朗々と謡う吟遊詩人のように手を胸に当て、もう一方の手はしなやかに広げて、誇らしげに語る。

自分は幼い頃、母妃ナターシャの方針により、レオニスと離されて育ったこと。

周囲からことあるごとに比べられ、まだ見ぬレオニスをずっと敵視していたこと。

そのためはじめて会った時、皆の前で恥をかかせようと嫌がらせを仕掛けたが、あっさり見抜かれ、それどころか自分で罠にはまってしまったところをさりげなく助けられたこと。そのせいでさらに敵意が増したウィルフレッドとは逆に、レオニスはそれ以来弟を気に入り、うっとうしいほどかまってくるようになったこと。

体調不良だと偽って授業をさぼる時、生真面目なウィルフレッドを言いくるめて強引につきあわせたり。護衛をだまくらかして王宮を抜け出す共犯者にしたり――

「……その話のどこに、ウィルフレッド殿下がレオニス殿下に傾倒する要素が？」

なんとなく雰囲気で正座して聞いていたラティカが眉をひそめて口を挟むと、

「心の機微のわからない娘だな。頻繁に一緒にいて、兄上の本質に触れていけば、自ずと心開かずにはいられないだろう」

不機嫌そうに見おろしつつも、ウィルフレッドは言い加える。

ある日二人でいるところをナターシャに見つかった時、憤りも露わな彼女をいとも簡単にレオニスがあしらったのが、きっかけといえばきっかけだったと。それまで母はウィルフレッドにとって、逆らうことも考えられない絶対的存在だったのだ。

自我と自由な思考をくれた兄は、自分にとって誰より特別な人間になった。

そう言ってウィルフレッドは恋する乙女のように銀の睫毛を伏せ、頬を染める。

「兄上は昔から、自然と人を惹きつける魅力をお持ちだ。家臣の子息たちからは崇拝の域で慕われて、兄上が何かに目を向ければそれだけで皆がこぞってその物を献上するほどだった。それに飽いたのか、兄上は自分の意に染まない者を好む傾向がある。巷(ちまた)ではそれをツンデレ好きというらしい。だから私は、ツンデレを目指すのだ」

「…………ええっと」

最後のほうで、話がいきなり変な方向にすっ飛んだ。両拳(こぶし)を握り、星のようにきらきらした瞳で夜空を見あげる弟王子を、ラティカは頰をひくつかせて眺(なが)める。

「それは、目指してなるものなのですか……?」

なにやら激しく間違っていると思うのだが、他にどう感想を述べていいかわからず尋ねると、ウィルフレッドは水を差されたように顔をしかめた。

「現時点でそうなれていないなら、努力するしかないだろう。子どもの頃はあれほどかまってくださった兄上が、最近はどこかよそよそしい。きっと私が心酔するあまりツンデレ具合が足りなくなったからだ。だから私は毎日のように、兄上に可愛(かわい)いいたずらを仕掛けることにした。林檎(りんご)に呪(のろ)いとか、花瓶(かびん)に毒虫とか、インク壺(つぼ)に強酸とか。それを君は、よくも片(かた)っ端(ぱし)から台無しにしてくれたな」

ラティカはあんぐりと口を開けた。

まさか、こんな形で判明するとは。

ウィルフレッドが犯人だと思ってはいたが、兄の部屋に危険物を仕掛けていた理由はあまりに突飛(とっぴ)だった。毎日朝昼晩三回は不審(ふしん)物がないかレオニスの部屋を確認して

いたラティカは、思わず立ちあがって抗議する。

「いたずらの域を超えています！　護る側としては、可愛いなどというものではなかったのですが！」

「口答えをするとは忌々しい！　そうやって兄上の気を引いたのか？　私が涙ぐましい努力を重ねている時に、突然現れてまんまと兄上のお気に入りにおさまって！　私が今最も気に食わないのが君の存在だ。解任されたのならさっさと王宮を去れ‼」

うわ。ものすごい目。ものすごい敵意。

まるで自分が邪悪な魔物にでもなったような気にさせられる。

ラティカはしみじみと悟った。もはや疑いようもない。この王子から感じた敵意は、レオニスに対してではなく自分に向けられたもの。嫉妬だったのだ。

しかし悪気はなかった（？）といえども、やっていいことと悪いことがある。

「レオニス殿下の身の安全が完全に保障されるまで、私は去るわけにはまいりません。部屋の仕掛けにも苦労しましたが、他の件はもっと危険だ。特に視察の日に馬車を襲わせたのはやりすぎでしょう。一歩間違えばレオニス殿下も私も、今頃は谷底だったのですよ？」

妙な迫力に押されてはいけないと、ずいっと前に出てウィルフレッドに反論した。

　しかし弟王子は、心外そうに目を見開く。

「馬車を襲わせた？　なんの話だ。それは私じゃない。兄上の命を危険に晒すような際どい企みなど、私がするわけがないじゃないか」

　部屋の仕掛けも大概だという突っ込みはさておき、嘘を言っている顔ではない。

「では、他に黒幕がいるのか……！」

　苦く呻いたラティカに、ウィルフレッドがこれまでで一番顔つきを険しくする。

「そういうことだろう。私がここに来たのは、兄上のお姿を垣間見ることだけが目的じゃない。この矢文でお知らせしようと思ったからだ」

　ウィルフレッドは芝の上に放置されていた矢を拾いあげる。ラティカが踏み折った矢の先には、よく見れば細く折り畳まれた紙が結ばれていた。さきほど彼が矢を放とうとしていたのは、これを届けようとしてのことだったらしい。

「誰が言い出したか判然としないが、数日前から貴族たちの間で噂が広がっている」

　ウィルフレッドが矢から手紙を外し、ラティカに開いてみせる。

　王宮内に以下のごとき噂あり、という書き出しの後に短く記されていたのは、

『第一王子レオニスは、重大な罪を犯してその身を呪われている』

　レオニスを窮地に陥れるだろう一文だった。

第四章　王子の無敵な剣姫

ぽつぽつと明かりの灯る長い廊下を、できるだけ足音を殺して走り抜ける。

——第一王子レオニスは、重大な罪を犯して呪いを受けた。

噂の内容を知るなり、ラティカはレオニスのもとへと駆け出していた。

罪を犯して、の部分がでっちあげでも、呪われている事実が証明されてしまったらおそらく信じてはもらえない。それは王位継承者として致命的な痛手だ。言い逃れできなくなる前に、早く手を打たねば——！

奥歯を噛みしめ、ぐんっと走る速度をあげる。

ふと横を見れば、同じ速さ同じ静けさでウィルフレッドが併走していた。

意外に思って瞬くラティカに、弟王子はむっつりと言う。

「私の手柄が君に横取りされるのは、我慢ならない」

「でしたら矢文など使おうとせずに、直接お伝えすればよかったのでは？」

「ツンデレを目指す私が、真っ正直に親切をするわけにはいかないじゃないか」

声をひそめて言い合っていた二人だが、レオニスの居室まであと少しというところまで来た時、同時にはっと足を止めた。控え(ひか)の間の扉(とびら)から出てきたクロヴァンが、厳しい表情で立ちふさがったからだ。クロヴァンは一瞬、ラティカと一緒にいる第二王子に驚いた顔をしたが、道を譲(ゆず)ろうとはしない。

「クロヴァン殿(どの)、殿下にお目通り願います。急ぎお伝えしたいことがあるのです」

ラティカは切々と訴(うった)えたが、クロヴァンはできません、と首を振(ふ)った。

「ラティカ殿が来ても通さぬよう、レオニス殿下より固く申しつけられております」

「それはなぜですか？　理由も聞かずに納得(なっとく)などできません」

「この娘のことはどうでもいいが、大事な用件だ。兄上のために通してもらいたい」

相手がラティカだけならともかく、王子の言葉は無視できなかったのだろう。

「……わかりました。事情を説明いたします」

しばらく迷いを見せた後、侍従長(じじゅうちょう)は「こちらへ」と二人を自分の部屋に導いた。本棚(ほんだな)と黒い小物が多い部屋に通されたラティカたちは、勧(すす)められた椅子(いす)に座るや否や、王宮内に流れるレオニスの噂についてクロヴァンに伝えた。

ウィルフレッドが腕組みして胸を張る。

「噂の真偽(しんぎ)がどうだろうと、私は兄上に絶対的に味方する」

「ウィルフレッド殿下は真性の兄君愛好家です。その点に関しては信用できます。クロヴァン殿が知っていることを、すべて教えてください」

呪いのことを口にしても大丈夫だ。暗にそう保証してラティカも言うと、正面に座るクロヴァンは一度目を閉じてから開き、まなざしに憂いをのせて口を切った。

「ラティカ殿はすでにご存知ですが、レオニス殿下は一年ほど前より、御身に呪いを受けられています。毒のように全身を蝕み、体力を奪い、高熱で苦しめた末に命を奪う死の呪い——呪術師の見立てにより、当初は呪いの性質をそうとらえていました」

「ということは、違っていたのですか？」

ラティカが身を乗り出して尋ねると、クロヴァンは忌々しげに目を細めた。

「それだけではなかったのです。呪いを解こうと調べていくうちにわかりました。殿下の呪いは、かけられた者の命を奪うだけではない。その者が最も愛する相手にもうつり、道連れにするという特性を持っていたのです」

レオニスは体を蝕まれるだけでなく、人を愛することもできない身となっていた。たとえば口づけを交わしただけでも、呪いは相手にうつってしまうという。

「もはやたしかめることは難しいですが、先王と第一王妃リリー様も、流行り病ではなく同じ呪いを受けたのでは、と殿下も私も考えております」

「兄上が呪われた時期を考えると、その可能性は高いな」

「そんな……」

明かされた事実は予想以上に重く恐ろしいもので、ラティカは口を押さえて愕然とする。混乱しそうになる頭を必死に働かせていると、数日前の庭での光景がふっと脳裏によみがえった。

真剣な瞳でラティカを見つめ、顔を寄せてきたレオニス。唇が触れ合うかと思ったけれども、寸前で離れていった。その翌日、唐突に護衛の任を解かれたのは――

「もうおわかりでしょう。レオニス殿下がラティカ殿を遠ざけたのは、そのお心にラティカ殿への想いがあるからです」

「――っ」

思考を読むかのようなクロヴァンの言葉にラティカはどきりとし、
隣からの剣山のような視線に肌がちくちくとする。

「へえええ……そう」

ウィルフレッドから顔を逸らしつつ、ラティカはじわあっと頬に熱をのぼらせた。

そう、なのだろうか。殿下が私のことを？　本当に……？

心がふわふわと宙に浮きそうになるが、途中でいけない、と地に繋ぎとめる。

　レオニスの抱える事情は理解できたが、まだ疑問は残っていた。

「クロヴァン殿の言葉が本当だとしても、敵を捕まえて呪いを解けば問題は消えるはず。解けない間だって、おそばで見守るくらいはできます。殿下が私を遠ざけられたのは、その呪いの特性だけが理由なのですか？」

　レオニスの突き放し方は、そういう一時的な問題ではない気がする。

　まだ何か、隠していることがあるのでは――？

　ラティカはじっと見つめて尋ねたが、クロヴァンは申し訳なさそうに瞼を伏せた。

「私が存じあげていることは、今お話ししたことですべてです。殿下がどのようなお考えをお持ちなのかは、殿下にしかわかりません」

　ため息をついて首を振る様子から、その言葉に偽りないのがわかる。

　話を切りあげるような口調で、クロヴァンが告げる。

「不穏な噂の件については、私のほうからレオニス殿下にお伝えします。ラティカ殿は少なくとも呪いが解かれるまでは、殿下と距離を置かれてください。依頼をしたのは私ですが、あなたの命を危険に晒しては父君に申し訳がたたない」

「わかりました。これ以上クロヴァン殿にお手間は取らせません」

　ラティカは頷いて立ちあがった。腰の剣に触れながら、きりりと顔を引き締める。

「私は私で動きます。ウィルフレッド殿下に、ご協力いただいて」

「は!?　なぜ私が君に力を貸さなければいけないんだ!」

急に話を振られて目を剝くウィルフレッドに、にこりと微笑みかける。

「レオニス殿下がお好きなんでしょう？　お役に立てたら嬉しいのでは？」

「う……っ」

ウィルフレッドは頰を引きつらせたが、異を唱えはしない。

「では、夜分に失礼いたしました」

ぶすっと押し黙った弟王子を連れ、ラティカは部屋を辞すことにした。

しかし扉に手をかけたところで、「ラティカ殿」と呼び止められる。

「殿下のお考えはわかりませんが、気になることはございます」

クロヴァンの視線が、振り返ったラティカの胸元に定められた。

苦い物を飲むような表情で、クロヴァンは告げる。

「ラティカ殿が胸にかけているその首飾りの護宝具。それは殿下の母君リリー様が、代々自分の家系に伝わるものだとおっしゃって授けられたものです。殿下は呪いを受けたばかりの頃、この護宝具の効力が他よりも優れているとおっしゃって、呪いを解く手がかりを得られないかと母君のご実家に赴きました。けれど手がかりはなく、戻られた殿下は『首飾りは実家のものではなかった』とだけ告げられました。そのときの殿下の硬い表情が、私はずっと心に引っかかっているのです――」

（この首飾りに、何かある……？）

もと来た廊下を引き返しながら、ラティカは胸元にある銀の百合を掬いあげた。

窓から差し込む月明かりを受け、うっすらと輝く大輪の花は、破魔の剣と同じく清浄な気を放っている。レオニスも大事に扱っているようだったし、これ自体が悪いものでないことはたしかだ。けれどレオニスの様子からすると、呪いの件に深く関わっているのでは、という気がする。第一王妃の実家のものではなかった、ということは、どこから来たものなのだろう。

黙々と考え込んでいると、横から「おい」と声がかかる。

「協力とは、何をすればいいんだ？」

ウィルフレッドに憮然と尋ねられて、ラティカはぱちりと瞬きした。

事情を知ったばかりで混乱しているだろうに、嫌いな相手に強引につきあわされようとしているのに、なんというか、根が生真面目だ。いろいろと問題ありなお方ではあるが、憎めない。以前はよく弟をかまっていたというレオニスも、似たような気持ちだったのかもしれない。

ふっと唇を綻ばせるラティカに、ウィルフレッドはますます不機嫌顔になる。

「何を笑っている？」

「いえ。レオニス殿下のお気持ちが、少しわかった気がしまして」

「君ごときに兄上の気持ちがわかってたまるか。へらへらしている場合じゃない。『番人』の夜会はもう明日なのだぞ」

その言葉を聞いて、ラティカははっと思い出した。

（――『番人』。そうだ――！）

突然立ち止まって息を呑んだラティカに、ウィルフレッドも足を止める。

「どうした？」

「ミリア殿なら、この首飾りについて何か知っているかもしれません。以前同じ意匠の指輪を持っているのを見たんです。殿下の呪いのことも、何かわかるかも」

鎖をつまんで掲げてみせると、ウィルフレッドは「これを兄上が君に……」と身をかがめて呪わしく凝視したが、すぐに切り替えて顔をあげる。

「聞いた話によると、ミリア殿はリリー様が王妃として王宮入りした際、しばらくの間世話役として側仕えをしていたらしい。彼女に話を聞いてみるか。ちょうど明日の午前中に、『番人』たちが私のもとに来る予定だ」

「？　同じ日に夜会で会うのに？」

「だからこそだ。母上が招いた。明日の夜会が事実上の新王選定日と踏んで、最後の一押しをするつもりで。私は兄上の気を引くために王位争いをしているだけで、王位に就く気はないから面倒だと思っていた」

だが、母上に感謝しないとな、とウィルフレッドは薄く笑う。

「帰り際にミリア殿だけ呼び止めて、人払いをして君に会わせよう。信用できる侍従に言づけておくから、母上と他の『番人』たちが去った後、私の部屋に来るといい」

「承知しました。ありがとうございます、ウィルフレッド殿下」

心から感謝して頭をさげると、

「君からのお礼などいらない。君より私のほうが兄上には必要なのだと思い知れ」

弟王子は憎まれ口を叩きつつも、照れたように目元を赤らめて顔を横向ける。

この態度はもしかして、彼が目指すツンデレというものに近いのではなかろうか。

ひっそりと苦笑しながら、ラティカはウィルフレッドと別れた。

階段の踊り場にある大時計を見れば、ちょうど十一時を過ぎたところである。

護衛の任を解かれてから、ラティカは顔見知りの女官に頼んでこっそり部屋に寝泊まりさせてもらっている。そろそろ女官も寝入る時間だが、と少し考え、外に出た。

建物をぐるりとまわり、南の星がよく見える壁側へと向かう。冬花に植え替えたばかりらしい花壇の前まで来ると、足を止めて頭上を仰ぐ。そこにあるのは、夜空を切り取るように壁から突き出た広いテラス。ここはレオニスの部屋の真下だ。

(朝までここで、不寝番をしよう)

今夜はいろいろあったせいか、寝つく気になれなかった。

この場所なら、殿下を煩わせることなく警護できる。

寒くなったら鍛錬でもして、体をあたためればいい。

そう考えて、壁を背に両足を踏みしめた時だった。

ばさり、と頭上で何かが風を孕む音がして、ラティカの身に大きな影が落ちる。

「!?」

文字通り仰天したラティカの目に大きく広がる布が映り、次の瞬間。

ばさばさどさーっと生き埋めにするような勢いで舞い落ちてきた布は、柔らかく軽い寝具。四、五枚ほどの、毛布や羽毛の上掛けだった。覆いかぶさるそれらの中から顔だけ出したところで、遅れてぼすんと弾力のある枕が頭に降ってくる。

急いでもう一度見あげると、ほんの一瞬、朱金色の光が視界を掠めた。ラティカの知る中で、その色を持つのは一人しかいない。

「………レオニス殿下」

また、行動を読まれてしまった。気遣わせるつもりはなかったのに。

名を口に出しても答えはなく、ラティカは首を戻す。

毛布と上掛けに包まると、壁にもたれて腰をおろした。

(あたたかい……)

まだ寝入っていなかっただろうレオニスのぬくもりは、寝具からは感じられない。

それでも心がぽかぽかする。不穏に騒いでいた気持ちが、落ち着いていく。

「眠るつもりはないから、これは必要ないのだが……」

ふっと眉をさげて笑ったラティカは、毛布の内側で枕をぎゅっと抱きしめた。

きっと、何もかもうまくいく。

そう信じられる気がして迎えた翌日だったが――

「ミリア殿が来ていない?」

訪れた第二王子の居室で、ラティカは語尾をきつく撥ねあげた。

時刻はまもなく昼をまわろうというところ。『番人』たちがナターシャと共に王子の部屋から出ていくのを確認した直後である。

てっきりミリアが中で待っているものと思っていたのだが、部屋に入ってみるとその姿はなかった。ウィルフレッドが一人、応接用の椅子にかけていて、彼女の欠席を告げたのである。困惑と苛立ちを顔に浮かべ、ウィルフレッドは腕を組む。

「昨日までは来る予定だったのに何の断りもなしで、母上もおかんむりだ。他の四人に聞いても理由はわからないと言うし。当てが外れたな。どうする？」

ラティカは扉前に立ったままうつむき、唇を噛んで考えた。

（なんだろう。何か、嫌な予感がする）

護衛たちに見つかって、王宮からつまみだされそうだったところを助けてくれたミリア。そのあと噴水の庭で話をした時に何か言い出そうとしていたのが、今更ながら引っかかる。

「──『番人』家の屋敷に行って、ミリア殿に会います」

ラティカは顔をあげて言った。

どちらにしろレオニスも向かう先だ。もとから行くつもりだった。

「君はあの屋敷には入れないと思うが」

「入れるような身なりで行きます」

　武装している者は立ち入り禁止、の決まりを危惧するウィルフレッドに、きっぱりと告げる。それからその隣にすっと歩み寄って、右手を差し出した。

「というわけでウィルフレッド殿下、私の友人になってください」

「はあ？　唐突になに気味の悪いことを言うんだ」

　ウィルフレッドは心底嫌そうな顔をし、出された手を避けるように身をのけぞらせたが、ラティカは気にせず手を宙に保つ。

「夜会の客として屋敷に潜入します。殿下の友人ということでお供させてください」

　公爵家から譲り受けた招待状は、自室に戻る余裕もなく解雇された時にクロヴァンあたりが回収したのだろう。後で取りに戻っても見つからなかった。ミリアに会うだけでなくレオニスを護るためにも、不審がられず夜会に入れる肩書きが必要だ。

「ついでにドレス等の手配もしてくださると、大変助かります」

「図々しいにもほどがあるぞ」

「友情の証として、レオニス殿下の特製枕を一日貸し出します」

「我々は無二の心友だ」

背にまわしていたもう片方の手で枕を差し出すと、がっしりと摑み返される。

こうして第一王子つきまとい組二人の、かりそめの友情が成立した。


空がしっとりと紫に滲み、地上ではぽつぽつと明かりが灯り始める頃。

錬鉄の門をくぐり抜け、貴人たちの乗る馬車が次々と正面玄関に到着する。

他の貴族の屋敷と比べれば小さく、派手さもないが、王都郊外に位置する『番人』家の屋敷は常緑の森に囲まれ、白に薄墨を流したようなその壁から青鷺を思わせる瀟洒な佇まいをしていた。

屋敷内を優美に化粧するのは、落ち着いた赤茶色の大理石だ。鏡のように磨かれた床にカツンと靴音を立てて、今、一人の青年が正面玄関から入ってきた。

朱金の髪に漆黒の瞳。獅子と見まごう精悍な面差しの第一王子、レオニスだ。

まだ一言も発しないのに、そこに現れただけで周囲がざわりとさざめき、その場のすべての視線が一身に集まる。そんな兄の姿を扉の隙間から確認し、ウィルフレッドは鷹のように鋭く目を光らせた。

「あれは――大礼服……！」

「大礼服？」

その下にしゃがみこんで同じ隙間からレオニスを見つつ、ラティカは首を傾げる。

吹き抜けになっている玄関ホールの奥、階段横の休憩室。

夜会の主会場である大広間にミリアを見つけられず、捜し歩いて玄関に来たらちょうどレオニスが到着したので、思わず隠れたところである。

ラティカはともかくウィルフレッドは隠れる必要はないと思うのだが、どうやら物陰から常習的に兄の様子をうかがっているらしく、つい癖が出てしまったようだ。

一挙手一投足見逃すものかとばかりに目を皿にして、ラティカの疑問に答える。

「我が王家における最大級の正礼服だ。兄上がお召しになるのを三年ぶりに見る」

感極まった声音を耳に、ラティカは改めてレオニスを眺めた。

今日纏っている衣装は、上下とも一点の曇りもない白の礼服だ。

目立つ装飾は縦に二列の金釦と、肩から胸にかけて幾本か吊るされた金の飾緒、襟元の縁取りくらいだが、すっきりとした出で立ちには高貴な品が漂う。瞳と同じ漆黒で裏打ちされたマントは目の覚めるような青で、口元に浮かぶ甘い微笑に、引き締まった印象を加えている。

悔しいくらいどうしようもなく惹きつけられ、ラティカの胸がぎゅっと収縮した。

「………卑怯なほどに格好いいですね」

敗北感にも似た気分で感想を述べると、

「当然だ。君は見るな。もったいない。減る」

ばしりと叩くような勢いで目を覆われる。

「！　減るとは、いったい何がですかっ？」

「兄上を盗み見ることで高まる私の満足度が、に決まっている」

「そんな無茶苦茶な！　私だって見たいです――」

とそのとき、ウィルフレッドの手を外そうともがくラティカの声が届いたかのように、客人たちの輪の中にいるレオニスが顔を向ける。慌てて頭を引っ込めたラティカは、我に返って声量を落とした。

「――仲間割れしている場合ではありませんでしたね」

誰が仲間だ。一時的な協力関係だ、と不服そうなウィルフレッドの言葉は流して腰をあげれば、さらりと衣擦れの音がする。正装しているのはレオニスだけではない。ラティカもドレスで身を飾っていた。

好まない色は何かと問われて『あまり身につけないのは桃色系だ』と答えたら、嫌がらせのようにウィルフレッドが用意してきた淡い桜色のドレス。

　そのうえスカート部分は動きにくさを追求したかのようにふわふわびらびらと襞が重ねられ、肩にも腰にも結いあげた髪にも、薔薇のコサージュとレースのリボン。あまりに可愛らしすぎて、首飾りの荘厳な百合が浮いて見えるほどだ。その百合のお守りと、スカートの下にもこっそり破魔の剣を隠し持っているのだが、それでも気を抜けば眩暈がしそうなほど難易度の高い衣装である。

　ちなみにウィルフレッドは、兄王子を引き立てようと飾り気のない黒の正装に身を包んでいるが、それはそれで洗練された典雅な雰囲気を醸し出していた。

　ラティカはもう一度玄関ホールをのぞき見る。

「やはりここにも、ミリア殿はいませんね」

「何人かの『番人』とその家族が客人たちを迎えてはいるが、彼女はいないな」

「まだ部屋で身支度をされているのではないでしょうか？」

「それなら今までに尋ねた誰かは、居場所を知っていてもよさそうなものだが……」

　ウィルフレッドは難しげな表情で呟いた。侍女や侍従たちにそれとなく訊いてまわったが、今のところミリアの居場所を知る者には会えていないのだ。

　暖炉の上の置き時計に目をやったウィルフレッドが、急かすように言う。

「夜会が始まるまで、もうそんなに間がないぞ」

「こうなったら、部屋という部屋を当たってみましょう」

ミリアが何か知っているかもというのは、あくまで自分の臆測だ。例の噂の件を考えれば、いつ敵がレオニスを貶めようと仕掛けてきてもおかしくない。夜会が始まったらレオニスの護衛を優先したい。それまでにできるかぎり動こうと、ラティカはウイルフレッドと二手に分かれてミリアを捜すことにした。人目を引きながら右手の廊下に向かう弟王子とは反対側の、左手の廊下を行く。

今夜は泊まり客も少なくないようで、屋敷内を割と自由に歩けるのはよかった。もし怪しまれたら、自分の客間がわからず迷ってしまったと言ってごまかそう。

身動きするにはやっぱりもどかしいドレスを捌きながら、目につく部屋を確認しつつ奥へ奥へと進んでしばらく経った頃だった。

「あの……お客様」

横手から遠慮がちな声をかけられる。

見ればおとなしそうな侍女が、楚々とした風情でこちらに歩み寄ってくる。

「ミリア様をお捜しと伺いましたが」

先ほど尋ねまわった誰かから訊いたのだろうか。

おずおずと問いかける口調に、ラティカは淑女然とした笑みを作って頷いた。

「ええ、お話ししたいことがあるのです。どちらにいらっしゃるかわかりますか?」

「はい、ご案内いたします。どうぞこちらへ」

先を行く侍女に導かれ、ラティカはさらに屋敷の奥へと進んだ。

代々の『番人』や、彼らが仕えた王族たちの肖像画がずらりと並ぶ廊下を通り、人気のない階へとあがる。おそらくこのあたりには客間はなく、『番人』たちの私的な部屋が並ぶのではないだろうか。

まわりを見まわしながら思っていると、「こちらです」と侍女が突き当たりの部屋を指し示した。その扉を前にして、ラティカは目を瞠る。扉には見覚えのある模様——銀の首飾りと同じ、大きく花を開かせる百合が彫られていたからだ。

やはりミリアには何かある。確信して扉を開いたラティカは、

「——ミリア殿!?」

次の瞬間、ぎょっとして声をあげた。

祭壇のようなものがあるだけの、窓のない小さな部屋。大理石が剥き出しになった床に、ミリアがぐったりと目を閉じて横たわっていたからだ。

慌てて駆け寄りその身を抱き起こしたが、そのとき背後でばたんと扉が閉まる。

「!?」

弾かれるように振り向いたラティカの耳に、がちゃりと鍵のかかる音がした。

案内してくれた侍女の姿は部屋の内にはない。彼女に、閉じ込められた――？

「くっ――開かない！　侍女殿？　何をするのですか！　ここを開けてください！」

ミリアを壁にもたれさせてから扉に走り、取っ手を捻ったり扉を叩いたりしてみるが、扉は開かず侍女からの返事もない。どういうことだと混乱しつつも、ラティカはドレスの下から破魔の剣を取り出した。

（錠ごと扉を断ち切る――！）

ぐっと腰を落として剣を鞘から抜き放とうとしたが、

「無駄です。ここは宝物庫のようなもの。普通の扉の何倍も頑丈に造られています。剣で斬ることはかなわないでしょう」

静かな声音に止められる。

壁から身体を離したミリアが、あきらめの色を滲ませた瞳でこちらを見ていた。

「ミリア殿！　大丈夫ですか？　お怪我などされていませんか？」

「ええ。気を失っていただけです」

傍らに膝をついて尋ねると、ミリアは疲れた様子ながらもしっかりと答える。

無事を確認したラティカは、安堵するや否や疑問をぶつけた。

「この屋敷の人間である貴女が、なぜこんなところに閉じこめられているのです？」

するとと、きつく尋ねたつもりはなかったが、まるで刃物を突きつけられたかのようにミリアの細い肩が強張る。髪留めからこぼれた横髪で顔を隠すようにうつむいた貴婦人は、躊躇うような間の後、声を漏らした。

「……すべてはわたくしの過ちのせいです。罪に罪を重ねて、今更それを明かそうとして、愚かにも悟られてしまった」

罪、という言葉に、腹の底がずくんと重くなるような感覚がする。

自然と低くなった声音で、ラティカは慎重に尋ねた。

「貴女は何を知っているのです？　いえ、何をなさったのですか？」

大理石の床の先に、墓石のように立つ祭壇じみた白い台。

その左右に置かれた燭台の火が、『番人』の貴婦人の面を暗く撫でるように照らす。

ミリアはゆっくりと顔をあげ、ラティカを見つめて告白した。

「──レオニス殿下に呪いをかけたのは、わたくしです」

ミリアから悪意を感じたことのなかったラティカにとって、その言葉は頭を殴られたような衝撃だった。

「なぜです!?　レオニス殿下の母君と貴女は、友人だったのでしょう?　どうしてその息子である殿下を呪うなど――」

思わず手荒に肩を掴んで問い詰めると、ミリアの柳眉が苦しげに寄せられる。

「ええ……良き友人でした。ある日わたくしが、リリー様の秘密を知るまでは」

その瞳が悲痛に揺らいでいるのに気づき、ラティカはぎくりと自分の手を引いた。

しばらくの間、息をするのも憚られるような硬い沈黙が流れたが、やがてミリアが己の袖をぎゅっと握りしめる。

「お話しします。わたくしの罪も、『番人』家のこともすべて――」

そうして感情を抑えたような声で、静かに語り始めた。

『番人』とは、王家を見守り、王家を支える、王の選定者。

そのため政治的な権限を持ってはならないとされる。

したがってその家に生まれた者は姓も持たず、官僚になることも王族と婚姻を結ぶことも許されないが、陰ながら王家を支えることも務めであるため、男女とも幼い頃よりしっかりとした教育を受ける。

屋敷内でも才女と称されるほど賢く育ったミリアは、十五の時に王宮入りし、王のそばに仕えて助言を与えるよう任ぜられた。

人見知りなミリアははじめ憂鬱だったが、若き王は心優しく聡明で、物慣れない『番人』の娘にもよくしてくれた。時を過ごすうち、気づけばミリアは恋に落ちていた。

もちろんかなわぬ想いとわかっていたが、そばにいてお役に立てれば、それだけで幸せだった。伯爵令嬢のリリーが妃として王宮に迎えられることになっても、王宮での暮らしに慣れないだろうリリーの側仕えをしてほしいと王に頼まれた時も、消えない想いに胸が痛みはしたが受け入れ、喜んで力になった。

「リリー様は人懐こい方で、わたくしたちはすぐに打ちとけました。美しく愛らしいリリー様と陛下はお似合いでした。政略的な都合で、陛下は数年後にナターシャ様を王妃に迎えられましたが、わたくしの目にはリリー様をより深く想ってらっしゃるように見えました。わたくしは友人として、それを誇らしく感じていたのです」

けれども、と一度言葉を切ってから、ミリアは伏せていた目をあげて続ける。

「ある日、わたくしは気づきました。レオニス殿下の持つ護宝具――リリー様が第一王子に贈られた首飾りが、『番人』家に伝わるものと同じ意匠であることに」

「『番人』家の――？」

ラティカは息を呑んで自分の胸に触れる。そこにある銀の百合を手に取って見おろすと、ミリアもひたと見据えて言った。

「そう。今は貴女がかけているその首飾り。それはかつて『番人』家がその役目を授かった折に、王家から賜った宝具。リリー様は、『番人』の血を継いでいたのです」

「――――！」

リリーの秘密とはそれか。驚愕に肩を揺らすラティカに、ミリアは言い加える。

調べたところ、昔『番人』家から出奔した人間がいた。どうやらその者が、宝具の一つを持ち去ったらしい。つまりはそれが、リリーの先祖だった。

「許せない、とわたくしは思いました」

自分のほうが先に王に出会い、好きになったのに。

『番人』だからと、想いを告げずにあきらめたのに。

自分と同じ『番人』の血を引く娘が、王と結婚し、愛されている。

おそらくは、何も知らずにのうのうと。

真摯に仕えてきたからこそ、許せるものではなかった。

「わたくしの中で、歯車が狂いました。けれどまだ確証はなかった。リリー様が本当に『番人』家の者なのか。もしかしたら宝具だけが偶然手元に伝わったのかもしれない。そんな時、わたくしは唆されたのです。もう一つの宝具を使って、確かめてみればいいと」

王家から『番人』家に賜った宝具は二つある。

一つは王家を護り支えるための護宝具の首飾り。

そしてもう一つは、罪を犯した王族を罰する呪具の指輪。

呪具を使った場合、リリーが王妃としてふさわしくない者なら、呪いに冒される。

それは『番人』の血を継ぐ証明になるはずだ、と。

「冷静さを失っていたわたくしは、それを実行に移しました。呪いがどんなものであるかも知らずに。リリー様が突然の病で亡くなられたと聞いた時、はじめてそれが死の呪いであることに気づいたのです。そしてそれは、愛するものにも伝播する。……わたくしは、陛下の命までも奪ってしまった」

殺すつもりではなかった。けれども結果を考えず衝動に身を任せて呪ったのだから、それは殺意と変わらない。

「自分の犯した罪の大きさ、恐ろしさに震えるわたくしは、動転して我を失くしました。そうして彼らの言うなりに、レオニス殿下までも呪ってしまったのです」

ミリアは青ざめた顔を己の手で覆った。清楚で公正に見えた白と灰色の衣装が、今はひどく翳って見える。彼女が激しい後悔と罪の意識に苛まれているのが伝わってきたが、簡単に同情できることでもない。

ラティカは口を引き結んだ。今は大事なことを聞きだす時だ。

実行したのはミリアだが、彼女の想いを利用した黒幕がいる。

「彼らとは誰のことです？　いったい誰が、ミリア殿を唆したのですか？」

肩に手を置くと、ミリアは我を取り戻したように顔をあげ、深刻な瞳で告げた。

「わたくし以外の、『番人』すべてです」

「な――」

思わぬ答えに言葉を失うラティカの腕を、ミリアの手が縋るように摑む。

「彼らはもう長いこと権力を欲している。ウィルフレッド殿下を王位に就ければ、それが手に入ると思っています。先王やリリー様と違って、ナターシャ妃は以前から『番人』にも権限を与えることに前向きでしたから。レオニス殿下の暗殺に何度も失敗した彼らは、自分たちの望みを叶えるために、今夜の夜会で殿下が呪われていることを明らかにするつもりです」

レオニスが罪を犯して呪われた、という噂を流したのも彼らだった。大勢の人前で噂通りレオニスが呪われていることを証明し、王位継承権を剝奪するつもりだ。

ようやくすべての裏を知ったラティカの身から、さあっと血の気が引いていく。

数日前中庭で、ウィルフレッドのものだと思った負の気配。どろどろとした不気味なあの気配は、長く心を闇に染めてきた『番人』たちのものだったのか。

「指輪を渡してください、ミリア殿！　破魔の剣で殿下の呪いを解きます！」

視察で彼女が火傷した時に垣間見た指輪が、レオニスを呪う呪具のはずだ。

返事を待つ間も惜しく細い手首を取ったが、

「ごめんなさい。もうわたくしの手にはないのです」

哀しげに顔を歪めてから、ミリアは吐露した。罪の意識からレオニスにどう接していいかもわからないまま、『番人』として王子たちを見極めることになったこと。レオニスに会う度罪悪感に苛まれていたそこに護衛としてやってきたラティカが、見返りを求めず主を護ろうとするのを見て、一途だったかつての自分を思い出したことを。

ミリアは自分の罪を公にしようと決めたが、それを他の『番人』たちに悟られて指輪を奪われ、こうして閉じこめられたのだという。

「……急いで殿下のもとに行かなくては……！」

ラティカは立ちあがり、ふたたび扉を開けようと試みた。

ドレスのスカートを手繰り、勢いをつけて体当たりしたり、蹴りを入れてもみたが、ミリアも言っていたように頑丈な造りのようで、壁のようにびくともしない。

今は何時だろう。もう夜会は始まってしまったのか。

焼けつくような焦燥感に、胸がじりじりと痛む。

「く——誰か！　そこにいないのか？　ここを開けてくれ！」

ラティカは苛立たしく扉を叩いた。

屋敷の者たちは敵だとしても、通りかかる客ぐらいはいないものか。

「この部屋はもともと宝具を保管してあった部屋。この屋敷の最奥部です。身内以外が近くに来ることは——」

声を張るラティカに、ミリアが諦念の表情で首を振った時。

がちゃり、と鍵のまわる音がして、廊下からの明かりが室内に差し込んだ。

「開けてやったぞ」

「ウィルフレッド殿下！」

ふんと胸を反らして現れた救世主は、銀髪の王子ウィルフレッドだった。

「よくここがおわかりになりましたね」

正直なところ、助けにきてくれるとはまったく期待してなかった。感謝より驚きが勝り、目を丸くしてラティカが言うと、ウィルフレッドは事も無げに肩をすくめる。

「ミリア殿の居場所を誰も知らないのはともかく、侍女たちが気にもかけないのはおかしいと思ったのだ。本当は知っていて隠していたのではないか、と。そこで到着したばかりの母上に小物を借りて、侍女に声をかけてみた。『先ほどミリア殿がこれを落としていかれましたよ』とその小物を見せてな」

閉じ込められているはずのミリアが部屋の外を出歩いていたと聞いて、その侍女はミリアが逃げ出したのではと思ったのだろう。確認しようと鍵をもらってこの部屋に向かったところ、ウィルフレッドにつけられた、ということらしい。

ウィルフレッドが気絶させたらしく、廊下を見れば侍女が一人、壁にもたれるようにして眠っていた。さすがはレオニスと王位を争う弟王子。性格には難ありだが、やることは優秀だ。

「ありがとうございます。助かりました、ウィルフレッド殿下」

「礼は不要だと言っただろう。それより事情を説明しろ」

不機嫌そうに口を曲げるウィルフレッドには申し訳ないが、そんな余裕はない。

『番人』たちの企みのことはもちろんだが、ミリアの話を聞いているうち、レオニスに関して一つ気づいたこともあるのだ。

ラティカは右手に破魔の剣を持ち、左手でドレスの裾をまとめ持つ。

「話はミリア殿から聞いてください――！」

言うが早いか、二人を置いて全速力で駆け出した。

夜会は予定の時刻より、少し遅れて始まった。

先に着ているはずの弟王子ウィルフレッドが、いずこかに姿を消したまま戻らず、母のナターシャが待ったをかけたからだ。

ナターシャははじめいらいらと落ち着かなげに扇子を開閉していたが、『番人』家の侍従が彼女のもとへ行き、二言三言耳打ちすると、急に機嫌を一転させた。レオニスのほうに視線を走らせ、気味が悪いほどにこやかな笑顔で先に夜会を始めるようながしたのである。

（まあ、ウィルがいないほうが話がややこしくならずに済むか）

シャンデリアがきらびやかに輝く高い天井。数百の人が悠々と入る広さ。壁際にずらりと贅を凝らした料理が並び、部屋隅では音楽家たちが優雅な曲を奏でる大広間。

勝ち誇ったようなナターシャの視線には気づかないふりで、レオニスは挨拶しにきた貴族たちに笑顔で応えていた。寄ってくる人の数がいつもに比べて少ないのは、噂がだいぶ浸透しているからだろう。

——第一王子レオニスが、罪を犯して呪いにかかっている。

ラティカと、それからどういう経緯か知らないが一緒だったというウィルフレッドが、クロヴァンを介して伝えてきた王宮内に流れる噂。半信半疑ながらもとばっちりを恐れて、大半の貴族や官僚たちがレオニスとは距離を置いていた。

気を遣う相手が減るという意味では、楽でいい。だが、

（ウィルフレッドはともかく、ミリアがいないのはなぜだ？）

レオニスはかすかに眉をひそめる。

護宝具と同じ銀百合の指輪を持っていたというミリア。その指輪こそがおそらく、『番人』家に伝わるもう一つの宝具、呪具の指輪だ。ゆえに彼女こそが自分に呪いをかけた者だと考え、この場でそれを明るみに出すつもりだったのだが、なぜかいまだに姿が見えない。

大広間の前方中央ではもう、最年長の『番人』が開宴の挨拶を終えそうだ。

（不意打ちで何かしてくるつもりなのか。あるいは、もしかすると——）

レオニスがある可能性に思い至った時だった。

「乾杯の前に、我々はたしかめねばならないことがございます」

白髪と白い髭を長く伸ばした『番人』が、挨拶の言葉を切ってそう言い出した。

その目が意味ありげに自分へと向けられて、レオニスはそういうことか、と悟る。

笑いを堪えるかのように唇を歪ませ、白髪の『番人』は朗々と声を張った。

「ここにいらっしゃる皆様がご承知の通り、ランバート王国の中核を担う方々が揃ったこの夜会は、次の王を選定するにあたって非常に重要な意味を持つ場。しかし、その厳粛な場にふさわしくない者がいるのでは、という疑いの声があがっているのです。――レオニス殿下」

『番人』が定めた視線を追って、会場内のすべての目がレオニスに向けられる。

「ここ最近王宮内で囁かれている貴方様の噂につきまして、問い質したく思います」

切り込むような言葉に音楽家たちの演奏が止み、客人たちもざわざわとさざめく。

(これは、夜会とは名ばかりの審判だな)

レオニスは口端をつりあげて笑い、まずは白を切った。

「ほう。噂とは、どのようなものでしょうか？」

「お聞き及びではないのですか？　ここにいる他の者たちは皆知っているようですよ。貴方様が神に背く罪を犯して呪いを受けた、という話を」

白髪の『番人』は、もったいぶった仰々しい歩みでレオニスのもとに来る。

他の三人の『番人』たちもその横に並んだ。

「真であれば、呪われた王子を王位継承者として認めるわけにはまいりません」

「その腕につけているのは、呪いを隠すための護宝具ではないのですか?」

「呪われていないとおっしゃるなら、外してみせてください」

「そのうえで心の臓に呪術文字が刻まれていなければ、噂は偽りだと認めましょう」

　半ば決めつけるように尋問する『番人』たちを、レオニスは冷ややかに眺めた。

　自分を呪った敵が『番人』の中にいることは、だいぶ前から見当がついていた。

　母から贈られた首飾りが母の実家のものではないと知った後、さらに調べ、それが『番人』家に伝わる宝具であったことを知ったからだ。母が――自分が、『番人』家の血を引いていることにも、このとき気づいた。

　しかし『番人』の中の誰が自分に呪いをかけたのか、そしてその目的についてまではわからないままだった。誰よりも公正な質のミリアが犯人らしいと知った時は、王族と婚姻を結んではならないという『番人』家の決まり事あたりに理由があるのではと推測したのだが、この状況を見れば、彼女は利用されていたということか。

（ナターシャ妃が絡んでいるのなら、『番人』たちにも欲が出たというところだな）

　レオニスから王位継承権を奪い、ウィルフレッドを王位につけて権限を得る。

　それが、ここまで秘してきた彼らの目的らしい。噂を流したのも彼らだろう。

レオニスは冷笑する。

『番人』たちは『レオニスが罪を犯した』と言いたてているが、何を犯したのか、具体的なところには触れようとしない。本当の罪――『番人』出身の者が掟を破って王族と結婚したこと――を知られたら、自分たちにとってもまずいからだ。

（たとえ俺が自分の血筋に気づいていたとしても、自ら明かすことはないと踏んでいる。――残念だったな。その見立ては間違いだ）

レオニスはゆっくりと腕をあげた。

「そこまで仰るのなら、身をもって証明しましょう」

手首につけていた護宝具の腕輪を、目の高さで外して床に落とす。

柘榴石と翡翠が交互に連なる腕輪。

透き通った水晶を嵌めこんだ金環。

光る糸を幾本も絡めたような銀鎖。

静まり返った空間にかしゃん、しゃらん、と音が響くたび、身にかかる負荷が岩を積まれたかのように重くなっていくが、レオニスはかまわず腕からすべての装身具を取り去った。

（『番人』の血を引く者は、権限を持ってはならない。彼らが陰謀を企てなくとも、自分の生まれを知った時点で王位継承権は放棄すると決めていた。王の位は、ウィルフレッドが継げばいい――）

おそらくは父王と母妃をも手にかけただろう者たちを捕らえることさえできれば、王位に就けなくてもかまわない。

レオニスが上着の襟に手をかけ、首に残る護宝具をも外そうとした時だった。

「お待ちください！」

ばんっと勢いよく扉が開き、凛とした声が大広間に響く。

驚いて息を呑んだレオニスの目に、艶やかな漆黒と、淡い桜色が飛び込んでくる。

「証明なら、私がいたします」

颯爽とした動きにふわりと靡く、花びらのようなドレスの裾。

襞を重ねたそのドレスと結いあげた黒髪を彩って咲くのは、気高い薔薇の飾り。

白い胸元では、銀の百合の首飾りが荘厳に輝く。

敢然と言い放ち、屋敷の侍従たちを振り切るようにして入ってきたのは、見る者の魂を奪いそうなほどに美しい、可憐に着飾ったラティカだった。

『番人』たちですら唖然と見入り、しばし時を忘れたようにラティカを凝視したが、その手に細身の長剣があるのに気づくと血相を変えて怒声をあげる。

「なんと不遜な……！」

「平穏を旨とする『番人』の屋敷に、堂々と武器を持ち込むとは!!」

「この小娘をつまみだせ――！」

命じられた侍従たちは、慌てふためいて侵入者を捕らえようとしたが、

「騒ぐな」

ぴしゃりと言ったラティカの覇気に当てられ、身を竦ませて動きを止める。

同じく凝固して押し黙った『番人』たちの横をつかつかと通り抜け、レオニスの前まで来ると、ラティカは観衆に振り返った。

厳かな仕草で眼前に破魔の剣を掲げ、鞘からすらりと半分ほど引き抜く。

白銀の剣身が神々しくきらめき、天井からの明かりを反射する。

すっと息を吸い込み、大広間の隅々まで行き渡る声音で高らかに述べる。

「この剣は破魔の剣。邪なものをことごとく滅する、神具にも等しい神聖なもの。この屋敷の平穏を乱すものではありません。そして私は、この剣の正当な主」

魔を払うような澄んだ音を鳴らして、ラティカは剣を鞘に納めた。それからくるりとこちらに身を翻したので、レオニスは目を瞠ったまま口を開く。

「ラティカ、おまえ――」

しかし、それ以上の言葉を紡ぐ前に、ラティカが無言で手を伸ばした。

ぐいっと襟を摑まれて、身を屈めさせられる。

間近で合わせた青い瞳に、怒りにも似た苛烈な光が宿っていると思った刹那。

唇に、柔らかいものが触れた。

一瞬遅れて、レオニスはラティカと口づけていることに気づく。

「――っ」

呪いがうつることを思い出したレオニスは焦って身を引こうとしたが、ラティカは逃さないとばかりに手の力を強め、さらにぐっと引き寄せた。

ごくり、と誰かが唾を飲む音さえ響くほど、水を打ったように場が静まり返り――

そのまたっぷり、十数秒。

完全に固まりきったレオニスから唇を離し、ラティカは毅然と聴衆を見返す。

「皆、その目で見たな。これが証明だ。破魔の剣の主から祝福を受けた王子が、呪われているなどあろうはずがない」

女神のような笑みを浮かべ、勇ましく言い切った。

口づけた直後、まるで毒を流し込まれたように体が重くなり、全身が痺れ始めた。

体温が急激に上昇し、見る間に視界が霞んでいく。

呼吸をするのにも肺に痛みが走り、手足に力が入らない。

驚きが浸透してどよめきだす人々の声を遠く聞きながら、ラティカは驚嘆する。

(この状態で平然と、一年も……)

レオニスが抱えていた苦しみは、想像を絶するものだった。胸元で百合の首飾りが、手の中で破魔の剣が、熱を帯びて心配そうに騒ぎ出すのを感じる。

膝から力が抜けてがくりとその場に崩れ落ちそうになるのを、

「……っの、馬鹿……！」

寸前でがっしりとした腕が支えた。

レオニスだ。まるで自分の身が切られたかのような表情で見おろしている。

その、悲痛に歪められた顔を見て――ラティカの胸に、怒りがよみがえった。

「……馬鹿は、どちらですか」

歯の隙間から押し出すように呟き、支える手を払って自分の足で立つ。

(そうだ、思い出した。私は怒っていたのだった)

レオニスを助けるためでもあったが、ここに来た理由の半分は文句を言うためだ。

ミリアからレオニスが『番人』の血を引いていると聞いた時に、気づいた。

どうして彼が自分を突っき放したのか。呪いのことだけなら、解呪するまでの問題のはずなのに、そういう一時的な距離の置き方ではなかったのはなぜなのか。

王位に就く気がないからだ。

「あきらめるから、私を巻き添えにするまいと思ったのでしょう？　本当は王になりたいくせに。この国がとても大事で、自分の手で守りたいと思っているくせに……」

図星だったらしく、絶句して瞳を大きくするレオニスの胸元を摑んで、睨む。

「貴方がどれほど拒もうと、私は貴方を護ります。貴方の体だけでなく、その胸にある望みごと。あきらめるなんて許しません。観念して、護られてください」

強くて優しい、ラティカの好きな人。

レオニスには、自分の心を殺してほしくない。

想いをこめて言葉をぶつけると、レオニスは呆けたような顔でラティカを見つめる。

「……あきらめるなと言いながら、観念しろとは……無茶苦茶だな」

そうして呆れたように呟いてから、晴れ晴れとした表情で破顔した。

「とんだ護衛を雇ったものだ」

ふっきれたような瞳に、ラティカはほっと安堵し、手を放して微笑む。

「その言葉、解任の撤回だと解釈します」

「好きにしろ。——俺も、好きにすることにする」

レオニスは笑みを深め、「もうひと働きしてくれるか」とラティカの頭にぽんと手をのせた。ラティカが頷くと、目を鋭くして『番人』たちに向き直る。

『番人』たちは気圧されたように肩を揺らしたが、なんとか威厳を保って指摘した。

「は、破魔の剣が、なんだというのだ……！」

「そうだ……！　そのような詭弁が通じようか！」

言い立てる声は徐々に力を取り戻していったが、レオニスは傲然と顎をあげる。

「では、望み通り証明しよう。俺の罪とやらと——それから、おまえたちの罪を」

不遜に笑って襟をくつろげ、首にかけられた護宝具をまとめて頭から外す。

それらをじゃらりと無造作に床に放ると、白いシャツの胸元を開いた。

瞬間、左胸の禍々しい飾り文字が露わになる。

「！　真紅の模様——」

「呪術文字……！」

目にした貴族や官僚たちは口を覆って瞠目し、あるいは怖れるように身を退ける。

その反応を受け止めるように見まわしてから、レオニスは明かした。

「この通り、この身はたしかに呪いを受けている。王家の決まり事に背いていなければ、かかることのない呪いだ。呪った者たちは当然、その決まり事が何であるか承知していることだろう。——違うか？　『番人』たちよ」

よもや王子自ら呪いの証をさらけ出すとは思っていなかったのだろう。

『番人』たちはあからさまにうろたえ、頬をひきつらせた。

「はっ、いったい何を仰るのやら」

「言いがかりも甚だしい……！」

それでも往生際悪く白を切ったが、そこでレオニスが笑みを消し、手をあげる。

「『番人』たちを拘束して、その身を調べろ」

レオニスが命じた瞬間、その背後にいた男たちが動いた。

纏っている服は第一王子付き侍従のお仕着せ。

しかし、素早い身のこなしは侍従のそれではない。

白髪の『番人』がぎょっと目を剝く。

「おまえたちは、王宮護衛官——!?」

ラティカも驚いて口を開けた。彼らはまぎれもなく同僚。数日前に樽から飛び出して自分を捕らえようとしたレオニスの護衛だ。そしてその五、六人の若い男たちに混じって一人壮年の、灰色の髪の男がいる。護衛たちの誰よりも切れのある動きで白髪の『番人』の背後にまわり、その手を捻りあげたのは、侍従長クロヴァンだった。

「武装厳禁の『番人』の屋敷。しかし武に長けた護衛でも、武器を持たずに入ればいい。そう身をもって示してくれた方がいらしたので、参考にさせていただきました」

ラティカのほうにちらりと視線を向けつつ、クロヴァンはいつもと変わらぬきっちりした口調で言う。

「今夜供としてついてきているのは皆、侍従に扮した俺の護衛だ。一人だけ元護衛もいるが。どちらにしろおまえたちを素手であしらうくらい、彼らには造作もない」

レオニスがつけ加える間にも、護衛たちはすべての『番人』を捕らえて拘束し、その手から手袋を取り去っていく。やがて一番恰幅のいい小柄な『番人』を調べた護衛が、はっと声をあげた。

「発見いたしました、殿下！」

護衛はレオニスのもとに走り寄って膝をつき、見つけたものを主の前に差し出す。

それはラティカには見覚えのある、百合の模様が彫られた指輪だった。

（ミリア殿が奪われたと言っていた呪具――！）

判ずるが早いか破魔の剣を抜いたラティカに、指輪を摘みあげたレオニスが命じる。

「その剣で、この指輪を斬れ」

「――御意！」

受け取った指輪を床に置いたラティカは、両手で柄を握り、腕を振りあげた。

白銀の刃をきらめかせ、環の中心に向かって真っ直ぐに突き立てる。

次の瞬間、ぱき、と小さな音を立て、指輪は脆くも砕け散った。

その直後、きつい布に縛られているようだったラティカの身がふわりと軽くなる。

急いで隣を見あげると、平静を装いながらも額に汗を滲ませていたレオニスも、ふっと肩から力を抜いていた。開いたままの襟からのぞく胸からも、おぞましい呪術文字が消え去っている。

呪いが、解けたのだ。

（よかった……！）

思わず涙が出そうなほど安堵したラティカだが、話はまだ終わってなかった。

剣を納めたラティカと一度見交わして微笑んでから、レオニスは顔つきを改める。

呪術文字の消えた胸を示しながら、その場にいる全員に向けて声を張った。

「たった今、『番人』から取りあげた呪具を破壊することで俺の呪いは解けた。これは『番人』たちが俺を呪っていたことの証と言えるだろう。彼らは王の選定期間中に、片方の王子を陥れる真似をした。ランバート王国の一国民として主張する。公平性を失った『番人』に、王を選ぶ権利はない」

体の芯に響くような低い声が、大広間を支配するかのように行き渡る。もはや異を唱えることなどできない『番人』たちは、拘束されたままがくりと項垂れる。

しかし、レオニスは彼らを断罪しただけでは終わらせなかった。先に述べていた、自分が王家の決まり事に背いているという件について言及したのだ。

「俺が呪いを受けたのは、この身に流れる血ゆえだ。俺は『番人』家の血を継いでいる。古来よりの誓約によれば、それはたしかに罪。『番人』家の者は、王族と血の繋がりを持ってはならない。だが、それを承知の上で宣言する」

すべてを明らかにしたうえで、レオニスは堂々と言った。

「俺は、自ら王位継承権を放棄することはしない」

傲慢ともとれるその台詞に、ラティカの胸が熱くなる。

あきらめないことにしたレオニスは、無敵ではないだろうかと心の底から思った。もとより絶大な魅力の持ち主ではあったが、呪いの負荷から解放されたせいだろうか、いまや身の内から光を発しているかのような眩しい気を放っている。

聴衆たちはその圧に呑まれたように放心し、ただただ王子を見つめている。

しばらくは誰も反応できないのでは、というくらい皆が陶然としていたが、

「当たり前です。放棄してもらっては私が——いえ、全国民が困ります」

そのとき誰かが扉を開いて、静寂の中に声を響かせた。

ミリアから事情を聞き終えてきたのだろう、現れたのはウィルフレッドだ。

人々の注目を浴びながら、靴音を鳴らして大広間の中央を突っ切る。

兄のもとまで歩み来ると、真剣な面持ちで尋ねた。

「兄上に伺います。王位継承権を放棄せず、兄上がなさりたいことは何ですか？」

レオニスは考えるそぶりすら見せずに即答した。

「長く変わらずにいたせいで齟齬が出始めている体制を見直したい。王都から離れた地にも、正しく手が届くように。もちろん今回の件も踏まえて、『番人』の在り方も考え直す」

「わかりました」

兄の言葉を受けて、ウィルフレッドは騎士のようにその場に跪いた。

誇らしさに満ちた笑みを口に浮かべ、胸に手を当てて頭をさげる。

「心より申しあげます。次の王には、兄上こそがふさわしい」

「ウィルフレッド!?」

悲鳴のような声をあげたのは第二王妃ナターシャだった。息子の裏切りに仰天し、ざっと青ざめて言葉を継ごうとしたが、それより先にウィルフレッドが真顔で続ける。

「母上のことは、私が今後責任を持って兄上愛好家に改心させますので、ご安心を」

「ウィル……この一年でもう少しは兄離れできているかと思ったんだが……」

レオニスはげんなりした表情でぼそりと漏らしたが、短く息をついて切り替えた。

「我が愛する弟はこう言っているが、皆はどうだ？」

振り返って聴衆に問うと、彼らは今度はすぐに応えた。

衣擦れの音が、さざなみのように広がっていく。

第二王子に倣って、貴族が、貴婦人が、官僚たちが、静かに膝をついて頭を垂れる。

それはまるで、謁見の間の玉座を見ているかのような光景。

新しい王が決定した瞬間だった。

（選定など、必要ない……）

自身も跪きながら、ラティカは染み入るように実感した。

『番人』の制度が今後どうなっていくのか。必要ないのか、それとも形を変えて残るのか、ラティカにはまだわからない。

けれど、少なくともレオニスに限っては、『番人』など必要ないと思う。

誰に選ばれずとも、王は王。

ラティカのレオニスは、そう周囲に認めさせることのできる人なのだから。


その後、先王と第一王妃暗殺の容疑も加わり、捕らえられた『番人』たちは、政治的な罪を犯(おか)した者が入る牢獄塔(ろうごくとう)に送られることとなった。

しばらく経(た)って、彼らがミリアに呪具を使わせたのは、使えば呪(のろ)いをかけるほうの身にも負荷がかかるからだとわかった。

彼らは我が身可愛(かわい)さに、ミリアを利用したのだ。

ミリアはレオニスの呪いが解けた後も、病(や)みやすい体となっていたが、どんな裁定も受けると言い、『番人』たちと同じ牢に粛々(しゅくしゅく)と入っていった。

エピローグ

第一王子の居室は東棟だが、執務室は王宮中央の二階にある。

戴冠式を間近に控えた、ある冬の日。

書斎机で書類を確認していたレオニスは、最後の一枚に署名をし終えたところでふと顔をあげた。がらがらと軽快な音を聞いて窓の外に目をやれば、ちょうど門から真っ直ぐこちらに向かってきた一台の箱馬車が、正面玄関の前で止まったところだ。

来たか、と羽根ペンを置いてしばらく待っていると、やがてクロヴァンが廊下から声をかけてきた。

「レオニス殿下。お客様が到着されました」

「通せ」

応えるとすぐに扉が開いて、待ちかねていた客人たちが入ってくる。

レオニスは立ちあがって出迎えた。

「ようこそ王宮へ。リーフェス公爵家の皆様方」

客人はラティカの家族。

父親の子爵と、母の子爵夫人。そして祖父のリーフェス公爵の三人だった。

ラティカの話だといまだニーダ最強の戦士と謳われる子爵は、とてもそうは見えない繊細そうな顔立ちの優男だ。母の夫人は、四十前だというその年頃にしては過多なほど髪にも胸にも腰にも腕にもリボンをつけた、けれども妙にそれが似合う美人。

祖父の公爵はいかにも厳格そうだが、着ているものは最新の流行を追った服で、整えられた口髭にはなんとなく愛嬌があり、小洒落た一面を感じさせる。

お決まりの口上を述べて挨拶を済ませると、まずは部屋に入った時からうずうずと何かを堪えている様子だった夫人が、びゅんっと迫り来てレオニスの手を取った。

「レオニス殿下に、心よりの感謝を申しあげます！　よくぞ――よっくっぞ！　我が娘を射止めてくださいました!!」

細い指でがっしりと手を包み込まれたレオニスは、その勢いに押されて顎を引く。

「……いえ、礼を申しあげたいのはこちらのほうで――」

「いーえっ、わたくしのほうですわ！　ついに長年の夢が叶うのですもの！　娘と恋の話をして、娘を愛らしく飾り立てて、娘が恋人に贈るハンカチに刺繍するのを手伝ってあげたりして――……ふふ。んふふふふ。何はさておき、まずはドレスだわ。

王都にいる間に、腕利きの仕立て屋を片っ端から当たらなければ！」

　夫人は腰のリボンをひらめかせて身を翻し、ぐっと拳を握り固めた。

　もはやレオニスなど眼中にない様子の夫人の横では、子爵が土気色の顔でレオニスを凝視していた。まるで頭の中でがーんがーんと鐘が鳴っているかのような様相とでも言うべきか、放心状態でしばし固まっていた子爵は、ふいによろめき頭を抱える。

「あ……あああ……！　王になる方とはいえ、私の可愛いラティカがああ……!!」

　身を捩ってひとしきり嘆くと、今度は苦渋に満ち満ちた表情で両手両膝をつく。

「しかし無理だ！　婿の気持ちがわかりすぎて、私にはいびることなどできない!!」

　心からの叫びらしいそれを聞きつけた公爵が、口髭をいじりながら子爵の背中に影を落とした。

「ほう。それは私が君をいびっているという意味かな？　心外だ。実に心外だよ。君とは良好な関係を築いてきたつもりだったのに、そんなふうに捉えられていたとは」

「ひ――っ、義父上っ！　違います勘違いです気のせいです!!」

「後で駒遊びでもしながら、ゆっくりじっくり語り合おう」

「あああ……！　長時間逃げられない態勢いいぃ!?」

「まあまあ。胃に穴が空きそうになったら、気晴らしに手合わせでもいたしましょう。

いくらでもおつきあいしますよ」

頬を挟んで悲鳴をあげる子爵を、友人のクロヴァンが肩を叩いて慰める。公爵はふんと鼻を鳴らして婿から視線を外すと、呆気に取られて二の句が継げずにいたレオニスに向き直った。それからこほんと咳払いして、威厳に満ちた顔つきになる。

「この通り、少々騒がしい親たちではありますが、二人とも心から娘を可愛く思っております。もちろん、この私もです」

鋭くさえ感じられる真剣なまなざしに、レオニスも顔を引き締めた。

背筋を伸ばして真っ直ぐに見返し、約束する。

「お三方の信頼を裏切るようなことはしません。必ず大事にします」

「その言葉、しかと胸に刻みましょう」

公爵はふっと顔を綻ばせた。和らいだその瞳は、ラティカと同じ青玉色だ。

それから少しして、それぞれ心の暴走が止まらない娘夫婦を連れ、公爵は部屋を後にした。彼らの気配が遠のくのを待ってから、レオニスは肩をほぐして伸びをする。

「さてと……」

晴れて身内の許可は取れたことだし、あとは心置きなく本人を口説くだけだ。

レオニスは侍従長に首を向けた。

「ラティカはどこにいる？」

故郷からはるばる王宮を訪れる家族を出迎えるのだと言って、ドレス姿でこの部屋を出ていったのは半時前。しかし彼女の身内は来たものの、ラティカの姿はない。

不思議に思って尋ねると、一緒に出迎えにいっていたクロヴァンが苦笑した。

「東棟の中庭です。途中でウィルフレッド殿下と鉢合わせされまして……」

答えを聞いたレオニスは、すぐに執務室を出て中庭に向かった。

無意識のうちに歩みが速くなる。ラティカとウィルフレッドは一見不仲だが、レオニスの目には妙に通じ合っているように見えて、ここ最近面白くないのだ。

長い廊下を抜けると、自室に最も近いところにある中庭に出た。

低い植え込みと、白い鉢植えに囲まれた芝の上。

庭の中央で、ドレス姿の黒髪の娘と正装姿の青年が向かい合っている。

今にもはち切れそうな緊迫感を漂わせ、数歩の距離を置いて睨み合う二人は、ラティカとウィルフレッドだ。二人の腰には物々しく、鞘に納まった長剣がある。

「言っておくが、その格好だからといって容赦はしないぞ」

ふっと薄く笑って剣の柄を握るウィルフレッドに、

「お気遣いは無用です。いざ、尋常に勝負！」

同じく腰を低くして身構えながら、ラティカが応える。

二人の間をひゅうっと一陣の風が吹き抜け、ドレスがはためき、落ち葉がころころと転がっていく。それらがすべて収まった直後、二人はかっと目を見開き、

「兄上の――」

「レオニス殿下の――」

鞘から剣を抜き放って声を唱和させた。

「「――特製枕をかけて!!」」

がきんっと高い金属音を立てて剣を合わせたのを皮切りに、死闘のごとき苛烈な争いが始まる。あまりに突飛な展開と激しすぎる鬩ぎ合いに呆然とさせられて、レオニスが二人を止めに入った時にはけっこうな時間が過ぎていた。

夜会の際、協力を求めてラティカがウィルフレッドに『一日貸し出し』をしたレオニスの特製枕は、三日過ぎても一週間すぎても返ってこなかった。

『そもそも君の枕じゃないだろう。なぜ所有権を主張されなければならないんだ』

ウィルフレッドがそう言い張って、返却を拒んだためである。当然ながらラティカは不服を申し立てたが、ウィルフレッドは頑として聞かず、結果勝負事に発展した。

もちろんラティカは勝利して、枕を取り戻す気満々だったのだが――

「ありがとうございます、兄上！　一生の宝物として額に入れて部屋に飾ります！」

「いや、普通に使え……」

レオニスの呟きも耳に入らない喜びようで、ウィルフレッドが枕を抱きしめ、踊るような足取りで去っていく。

ラティカの剣があと少しでウィルフレッドの剣を弾き落とすという時、レオニスが割って入って勝負を止めたうえ、特製枕はウィルフレッドに譲る、と言ったのだ。

「止めるなんてひどいです……！　絶対に取り戻せたはずなのに……」

ラティカは恨めしく主を睨んだ。

全然納得がいかない。勝負に水を差されたこともだが、それ以上に、レオニスのものを好敵手であるウィルフレッドに持っていかれたのが口惜しくてならない。

ぶすっとむくれて抜き身の剣を握りしめていると、レオニスはやれやれと息を吐き、ラティカの頭に手をのせた。

「……わかった。今日はおまえの鍛錬に好きなだけつきあう。それで機嫌を直せ」

「本当ですか!?」

ラティカはぱあっと顔を輝かせた。曇っていた心が、一気に晴れ渡っていく。

レオニスと鍛錬。なんと素晴らしい響きだろう。

「ありがとうございます！　嬉しいです！　最近ずっと思っていたのです。日帰りでもかまわないので、殿下と鍛錬小旅行をしてみたい、と」

「そ、そうか……」

あまりの喜びように驚いたのか、レオニスは面食らったように一歩さがったが、ラティカは気にしない。今日はもう公務を終わらせたから残りの時間は自由に使える、とレオニスから聞き、自室に飛んで帰って支度をする。まもなく昼で、外を出歩けるのはせいぜい半日だ。移動時間がもったいないので、近場で手を打つことにする。

一周するには歩いて一時間ほどかかる、王宮北門に面した湖。

それぞれ馬を走らせて、王宮側からは対岸のほとりに着くと、ラティカとレオニスは小一時間ほど剣の手合わせをして汗を流した。

「少し休憩をとったら、今度は弓の鍛錬がてら狩りをいたしましょう！」

鍛錬にはめりはりが必要だ。続けっ放しでは疲れて集中力がなくなる。

剣を鞘に納めた二人は、しばらく休むことにした。

湖の水面上まで枝を伸ばしている常緑樹の根元に、隣り合って腰をおろす。

ラティカは濃い緑色の、比較的動きやすいすっきりとしたドレス姿だ。

積もった落ち葉が柔らかく、ドレスの下でかさりと音を鳴らす。

宝石みたいに光を弾く湖を、水鳥がすいっと滑っていく。

時おり肌を撫でる風は冷たいが、上気した頰にはちょうどいい。

清々しい気分でにこにこと膝を抱えていると、レオニスがそっと尋ねてきた。

「楽しいか？」

「はい！　機会があったら、またこうして一緒に出かけてくださいますか？」

「ああ、もちろん」

レオニスが即答したのが嬉しくて、ラティカの心はますます浮き立つ。

「雪が積もったら、雪洞を造って野宿しましょう。春になったら、冬眠明けの熊と一戦交えるのもいいですね！　夏ならやっぱり、水中訓練は欠かせません――」

他にも一緒にしたいことが、ひっきりなしに浮かんでくる。

きらきらと目を輝かせて語るラティカの頰を、ふいに長い指がくすぐった。

「で、殿下……？」

どきりとして隣を向くと、腕を伸ばしたレオニスが、じっとこちらを見つめている。

響きのいい声を低めて、慎重な面持ちで尋ねてきた。

「それは、これから先も俺と共にいるという意味だと思っていいのか？」

「…………はい」

じわりと目元を赤く染めて、ラティカは頷いた。

最初はニーダの戦士になりたくてここに来た。

実家の出した条件を果たして夢を認められたら、故郷に帰るつもりだった。

けれど務めを果たしても、もう帰ることなど考えられない。

「これからもずっと、レオニス殿下のおそばにいたいです。そうして私の手で殿下をお護りしたい。当初の目的とは変わってしまいますが、このまま王宮に留まってもよろしいですか？」

頬に触れる指に手を重ね、少し緊張しながら尋ねた。どきどきと早鐘を打つ心臓を意識して待つと、「一つだけ訂正させてくれ」とレオニスが言う。

「全部とはいかないだろうが、やることはそのまま、今のままのおまえでいい。だが、肩書きは変えてくれないか」

いつの間にか握り返されていた手が、一度離れる。

自然と引き合うように、ラティカはレオニスと正面から向かい合う。

真剣な瞳でしっかりと見つめ、レオニスは続く言葉を口にした。

「護衛としてではなく、妃として。一生俺のそばにいてほしい」

ラティカの胸に、じんわりとあたたかなものが広がっていく。

夜会でラティカが口づけ、レオニスの呪いがうつった時からお互いの想いは認識していたが、こうして口に出して伝えられると、また実感が違う。

まもなく王位に就くレオニスの隣に、妃として立ち、彼を支える。

今日みたいに最近ドレスを着ることが多いのは、その覚悟があってのことだ。

「………はい」

ふたたび頷くと、レオニスの瞳がなんとも愛しげに細められた。

「ラティカ」

甘く優しい声音で名を呼ばれたかと思うと、整った顔が寄せられる。

あ、と見つめ返すうちに、唇に柔らかいものが触れる。

啄むように口づけてから、レオニスは無邪気なほど純粋な笑みを浮かべ、告げた。

「おまえが好きだ」

はじめて聞かされた言葉に、ラティカはかあっと耳の先まで真っ赤になった。

「わ、私も、レオニス殿下をお慕いしております」

「知ってる」

ふっと口角をあげたレオニスの手が、ラティカの背にまわされる。

強く抱き寄せられて、額がこつんと肩にぶつかった。思わず目を瞑ると、頬をすくわれて仰のかされる。気づけば、他には何も目に入らないとばかりに熱っぽい瞳が、もうそこにある。

ゆっくりと瞼を伏せて顔を傾け、レオニスが先ほどよりも深く唇を合わせてきた。

「――っ」

ラティカの鼓動が一気に跳ねあがる。胸のどきどきと恥ずかしさに目眩のようなものを感じながら懸命に応えたが、その一度では終わらない。何度も繰り返し、角度を変えて口づけられるうちに、やがて限界を感じるほど体中の血が沸騰してくる。

「待ってくださ――殿下、こんなに長くは――身が」

「公衆の面前で長々と口づけておいて、今更何を言う」

目をぐるぐるさせるラティカに、ほとんど唇を離さないまま指摘して、レオニスは顔だけでなく身も傾けた。ラティカにぐっと重心を預けながら、にやりと笑う。

「投げ飛ばしてもいいぞ。できるものならな」

すでに体の力が抜けていたラティカは、難なく押されて樹の幹に背を押しつけられた。黒髪に差し入れられた指が耳元を露わにし、今度はそこを唇に狙われる。

心臓が破裂しそうになり、ラティカは危機感を覚えて声をあげた。

「で、殿下のふしだらは、呪いのせいでは――？」

「悪いが、おまえに関してはこれが素だ。観念しろ」

のうのうと言い切ったレオニスは、耳から首筋、鎖骨まで手を滑らせて散々キスを落としたあと、まだ足りないとばかりにまた唇に戻ってきた。吐息ごと奪われて頭がぼうっとし、しだいに何も考えられなくなっていく――

とそのとき、空を渡る鳥の鳴き声が耳に届いてラティカははっと我に返った。

そうだ。休憩を終えたら狩りをするのだった。

この調子では足腰がたたなくなって、鍛錬どころじゃなくなってしまう。

己の腕を叱咤して、ラティカはどうにか主の腕から抜け出した。動悸が治まらない胸を押さえながら、不満そうに眉を寄せるレオニスに、指を立てて申し出る。

「提案が、あります」

「なんだ？」

「このようなことは、一つ鍛錬内容を消化するごとに一回、ではいかがですか？」

「なるほど、頑張った褒美というわけだな。わかった。乗ろう」

存外素直に提案を受け入れた主に、ラティカはほっと胸を撫でおろす。

鍛錬内容の難易度をあげて、レオニスを疲れさせてしまおう。

そうすればふしだらなことをする気力も削がれて、ほどよい程度になるはずだ。

「それでは、修行再開の時間です。弓の鍛錬を始めましょう」

ラティカはにこやかに微笑むと、立ちあがってレオニスの腕を引く。

一年間負荷を受け続けたレオニスの体力が尋常ではなかったことを思い知るのは、それから約一時間後のことである。

あとがき

……一年以上ぶりの新刊となってしまいました（汗）。

はじめまして。の方が多いのではないかと思います。斉藤百伽と申します！

はじめましてではない皆様には、お久しぶりでございます！　斉藤百伽です！

このたびは本書をお手にとっていただき、ほんっとーに、ありがとうございます！

お話の素案。プロット。原稿。とにかくすべてにおいて、おそろしいほど時間を費やしてしまった本作ですが、そのぶんキャラたちとのつきあいも長くなり、いつにも増して深い愛着を感じております。武士系忍者風味黒髪娘と獅子系自堕落軟派王子が繰り広げる、らぶ攻防の物語。楽しんでいただけたら幸いです。

さて、本作は「黒髪のヒロインを書きたい！　強くて格好いい子がいい！」という大雑把な願望をもとに生まれたのですが、書いてみるとラティカは当初予定していた以上の立派な侍女子になりました。そこでと言いますか、困ったのはタイトルです。

今回はタイトル決めにも、ぎりっぎりをかるーく飛び越える時間を要しました。

ラティカが私の希望通りの勇ましい子に育ってくれたおかげで、タイトル候補も勇ましい感じに！　少女小説というジャンルであるからには、やはり『かわいいワード』が入っているほうがいいですねー、と担当様にもアドバイスいただいたのですが、煮詰まった私は『かわいいワード』が何なのかも段々わからなくなっていく始末。

そしてとうとう、ネットで検索してみました。

ええ。『かわいい』『単語』と二つの言葉を打ち込んで。

すると出てきましたよ！　いろんなかわいい単語たちが！　なるほど、ひらがなを使うとかわいく見えますね！　例えばどれどれ――………『まちゅぴちゅ』。

つ、使えない……!!　確かにかわいいしまちゅぴちゅ好きだけど、使えないよ！　と悩める私に、担当様が『剣姫』という救いの手を差し出してくださったのですが、それでもまだ本決まりではありませんでした。最終的に『剣姫』が採用になったのは、おそれおおくも凪かすみ先生が、表紙絵に素晴らしくかわいらしいラティカを描いてくださったおかげです！　絶対的なかわいさは『剣』の勇ましさに消されることなく、『剣』の字はかわいさを程よく引きしめてくれていい感じです！　まだロゴが入った表紙絵は見ていないのですが、今から楽しみです。

タイトルの話続きます。『剣姫』よりインパクトあるだろうワードが入ってます。

それは――『ふしだら』。「ひらがながかわいい」理論がこんなところに反映されていますが、この単語にたどり着くにも紆余曲折ありました。

怠惰。自堕落。軟派。どれもレオニスを表すワードですが、ヒーローの魅力を感じにくかったり、漢字がものものしかったり、タイトルに入れるにはふさわしくなかったりで、しっくりと来ず。そんなとき思いつきのように出てきた『ふしだら』で試しに提案してみましたら……意外にも採用されてしまいました。

いえ、まったくの思いつきというわけではないのですよ？　『ふしだら』は、男女関係的にけじめがないという意味（こっちの印象が強い方のほうが多いのではと思うのですが）と、生活態度的にだらしがないという意味の両方をそなえていて、まさにレオニスにぴったりの単語だったのです。もしこの単語が原因で「正直手にとるのにちょっと恥ずかしかったよー」という方がいましたら、すみません！　犯人は私です。いつもより甘さ多めを心がけましたが、いかがわしい本ではありません。小さなお嬢様方も安心して（？）お読みください。ちなみに『剣姫の』にするか、『剣姫と』にするかでも迷いましたが、「と」の字で二人を分けるより、所有感のある「の」でつなげたほうが仲良さげだと思って、「の」に決めました。割愛しますが、最後の単語『王子』にいたるまで、今回は本当に本当に、タイトルに悩んだのでした。

キャラたちに触れます。未読の方はネタバレになるのでご注意ください。

主人公二人のやりとりは、書いていてとても楽しかったです。ラティカはやりたいことがはっきりしていて、自分で動いてくれました。強いけれど、弱点も愛しい子です。作中には入れられませんでしたが、彼女はほうれん草も大の苦手です。「食べれば強くなる」という父の冗談を真に受けて、できるかぎり毎日食べるようにしています。なるべくおいしく感じるように料理するのも趣味の一つなので、レオニスもそのうち食べさせられることでしょう。

レオニスは、私が書くヒーローの中ではめずらしく「格好いい」という言葉を担当様にいただきました。ふしだらなのに！　不憫なヒーロー好きの私としては、もっと不憫にしてあげたかったです。そして、彼が剣に秀でるに至った経緯を書けなかったのも無念でした。実は少年期、剣術指南役としてやってきた先代のニーダの長に「ニーダの八歳の少女より軟弱」と言われたのがきっかけで真剣に鍛錬するようになったという。先代ニーダの長はラティカ父の実父で、クロヴァンとも繋がりがあります。

それから、書きやすすぎて下手すると暴走しそうだったのがウィルフレッド王子でした。彼の身長はまだ伸びている最中ですが、兄君を超さないよう大好きな牛乳を控えているという、どうでもいい設定まであります。レオニスは全然気にしていないのですが、現在約一センチ下。がんばれ。いや、がんばるな？　ウィルフレッド。

お礼を申し上げます。まずは編集長様。だめだめな私を見放さず、辛抱強くつきあってくださりありがとうございました。おかげさまで、やっとこさ本という形で読者の皆様にお届けできます。編集部の皆様にも、深く感謝いたします。

凪かすみ先生！　迷惑を超えた圧迫をかけてしまったにも拘わらず、細部まで美麗な素晴らしいイラストをありがとうございます!!　もうラティカがかわいくてかわいくて！　横髪の先がくるんとなって髪飾りで留められてるとことか、女神様みたいですごい好きです。レオニスの色気ある男ぶりには、表紙絵見る度にどきどきしています。そしてネコが最高です!!　タイトルの件も含めて、ありがとうございました！

校閲の皆様にも、限界まで待っていただきました。心より感謝いたします。

担当様。デッドライン余裕越えのけしからん私に対して、仏様のような寛大な対応！　へばりかけてるときに担当様からいただいたお言葉で復活したことが、何度もありました。ありがとうございました。本気で反省して精進します！

家族や友人、職場の皆様にはいっぱいいっぱい支えてもらいました。ありがとう！

そしてなによりも一番の感謝は、読んでくださった皆様に。

本当にありがとうございます。またお目にかかれることを祈っています。

斉藤百伽

♡本書のご感想をお寄せください♡

〒101-8001　東京都千代田区一ツ橋二-三-一
小学館ルルル文庫編集部　気付
斉藤百伽先生
凪かすみ先生

小学館ルルル文庫

剣姫のふしだらな王子

2015年 3月 3日 初版第1刷発行

著者 斉藤百伽

発行人 丸澤 滋

責任編集 大枝倫子

編集 大枝倫子

編集協力 株式会社桜雲社

発行所 株式会社小学館
〒101-8001 東京都千代田区一ツ橋2-3-1
編集 03(3230)5455 販売 03(5281)3556

印刷所
製本所 凸版印刷株式会社

ISBN978-4-09-452297-6

第10回 小学館
ライトノベル大賞
ルルル文庫部門

「ファンタジック」「ドラマチック」「ロマンチック」を合言葉に、
〝乙女のハート直撃の恋と冒険がたっぷり読める！〟
ルルル文庫では未来を担う才能を広く募集しています！
大賞受賞者は、『ルルル文庫』でデビューできます！
講評シートをもらって改稿できるチャンスを活かし
あなたにしか書けない斬新なストーリーを生み出してください！

賞金（部門別）

ルルル大賞
200万円&応募作品での文庫デビュー

ルルル賞
100万円&デビュー確約

優秀賞…50万円

奨励賞…30万円

読者賞…30万円

応募資格

ルルル文庫で小説家として活動していきたい方
プロ・アマ・年齢不問

選考　ルルル文庫編集部

応募要項

希望者全員に講評シートをお送りします!!
最終応募締切の2015年9月30日までに、
講評シートをもらえるチャンスが3回あります！
この講評シートをもとに応募作品を改稿して、
締め切りまでに何度でもご応募いただけます
（二重投稿には該当しません）。
前回の講評シートの番号を明記の上、再度ご応募ください。

第一期▶~~2014年10月1日～2014年11月30日~~（終了）
（講評シートは2015年1月末発送済み）

第二期▶2014年12月1日～2015年2月28日
（講評シートは2015年4月末発送予定）

第三期▶2015年3月1日～2015年5月31日
（講評シートは2015年7月末発送予定）

一度ご応募いただいた作品は、講評シートの希望の有無にかかわらず、
本賞の応募作品として受理させていただきます。
結果発表まで、他社・他賞へのご応募はご遠慮ください。

締め切り

2015年9月末日(当日消印有効)

発表

2016年3月末、小学館ライトノベル大賞公式WEB(gagaga-lululu.jp)およびルルル文庫3月刊巻末にて。

応募先

〒101-8001
東京都千代田区一ツ橋 2-3-1
小学館 第四コミック局
ライトノベル大賞【ルルル文庫部門】係

注意

○読者賞と他賞をダブル受賞した場合の待遇は、上位の賞に準じます。
○応募作品は返却いたしません。
○選考に関するお問い合わせには応じられません。
○二重投稿作品はいっさい受け付けません。ただし、講評シートに従って改稿したもののみ受け付けます。
○受賞作品の出版権及び映像化、コミック化、ゲーム化などの二次使用権はすべて小学館に帰属します。
別途、規定の印税をお支払いいたします。
○応募された方の個人情報は、本大賞以外の目的に使用することはありません。
○事故防止の観点から、追跡サービスなどが可能な配送方法を利用されることをおすすめします。
○作品を複数応募する場合は、1作品ごとに別々の封筒に入れてご応募ください。

内容

中高生を対象とし、ロマンチック、ドラマチック、ファンタジックな、恋愛メインのエンターテインメント小説であること。ただし、BLは不可。商業的に未発表作品であること。(同人誌や、営利目的でない個人のWEB上での掲載作品は応募可。その場合は同人誌名またはサイト名、URLを明記のこと。)

原稿枚数

A4横位置の用紙に縦組みで、1枚に38字×32行で印刷し、100～105枚程度。
手書き原稿は不可。

応募方法

次の4点を番号順にひとつに重ね合わせ、右上を必ずひも、クリップなどで綴じて送ってください。
講評シートをご希望の場合は、82円切手を貼って住所宛名を書いた定形の封筒(最大23.5cm×12cm、最小14cm×9cm)も同封してください。

❶応募部門、作品タイトル、原稿枚数、郵便番号、住所、氏名(本名、ペンネーム使用の場合はペンネームも併記)、年齢、略歴、電話番号、メールアドレスの順に明記した紙
❷800字以内であらすじ
❸400字以内で作品のねらい
❹応募作品(必ずページ番号をふること)